EL PEQUEÑO

Leo DaVinci

Twitter: @ChristianG_7
Facebook: facebook.com/oficialchristiangalvez
Web: christiangalvez.com

© Del texto: 2014, Christian Gálvez y Marina G. Torrús
© De las ilustraciones: 2014, Paul Urkijo Alijo
 Del diseño de cubierta: 2014, Beatriz Tobar
© De esta edición: 2014, Alfaguara Grupo Editorial, S. L. U.
 Calle Luchana, 23. 28010 Madrid

Alfaguara Grupo Editorial, S.L.U. es una empresa
del grupo Penguin Random House Grupo Editorial

Primera edición: octubre de 2014

ISBN: 978-84-204-1773-8
Depósito legal: M-23114-2014
Impreso en EGEDSA
Sabadell (Barcelona)

Maquetación: Javier Barbado

Leo DaVinci

¡Hola amigos! Me llamo Leo y tengo 8 años. Vivo con mis abuelos en Vinci, Florencia, y me paso el día inventando cosas imprescindibles para la vida de un niño: como la vincicleta o el sacamocos a pedales...

Pero mi gran sueño es crear una máquina para volar como los pájaros. ¡Y algún día lo voy a conseguir!.

¿Qué es lo mejor de la vida? ¡Jugar con **mis colegas!**

Macaroni
El perro más pasota del mundo. Lo suyo es dormir a pata suelta.

Spaghetto
Cañero, divertido... ¡El único pájaro que habla del mundo! O eso creo yo...

... mi pandilla

Miguel Ángel
¡Cuidado que muerde! Duro como una piedra y con mal carácter, pero es divertido y mi mejor colega.

Lisa
Mi mejor amiga, la chica más lista de Florencia ¡y queda genial en los cuadros!

Rafa
El más pequeño del grupo. Creativo, un poco detective ¡y con un grupo de rock flipante!

Boti
Ingenuote, aspirante a chef de cocina y gran futbolista. ¡Con él nada es aburrido!

Chiara
Es la *Best Friend Forever* de Lisa, tiene muuucho genio ¡y es la campeona de eructos del cole!

... y todos los demás

Abuela Lucía
¡Mi superabuela! Gran artista y cocinera. ¡Da unos besos espachurrantes!

Abuelo Antonio
Divertido y despistado, mi abuelo es el más cariñoso del mundo ¡y no perdona su siesta!

Profesor Pepperoni
¡Nuestro profe! Se le ponen los bigotes de punta cada vez que la lío parda en clase.

Don Girolamo
¡El vecino más chungo de Vinci! Odia a los niños, los animales ¡y todo lo que hace reír!

Ser Piero
¡Mi papá! Siempre está estresado y su frase es: «¿Qué ha hecho ahora Leo?».

Tío Francesco
¡De mayor quiero ser como él! Experto en deportes, coches y estrellas del cielo.

Machiavelo
¡No te fíes un pelo! Tras su sonrisilla postiza, ¡se esconde una comadreja!

La Italia de Leo

¡Bienvenidos a Italia! En estas increíbles aventuras
recorrerás junto a Leo y su pandilla los lugares
y ciudades más sorprendentes...

Venecia

Florencia

Vinci

Roma

EL PEQUEÑO
Leo DaVinci

¡HAN ROBADO EL CUADRO DE LISA!

Christian Gálvez
Marina G. Torrús

Ilustraciones de Paul Urkijo Alijo

ALFAGUARA

POR UN EXAMEN DE DIBUJO

Tres, dos, uno, cero… ¡Lanzamiento! Envueltos en una nube de humo y con mucha tos, el intrépido grupo formado por Miguel Ángel, Lisa, Boti y el capitán Leo da Vinci partía en un cohete rumbo a la luna. Era un momento histórico… y también un poco histérico, porque a la luna no se va todos los días. Esto me dio la oportunidad de probar algunos inventos como la *vincifandra* —para respirar en lugares sin oxígeno—, los *zapatileos* —para que nuestros pies se pegaran al suelo ante la ausencia de gravedad— o el *tapavinci*, un traje de lana fabricado por mi abuela con el que es absolutamente imposible pasar frío… y que me encasqueta las noches de invierno para dormir. Y pica. Ya te digo que si pica.

Contábamos con los últimos adelantos tecnológicos, así que no fue difícil aterrizar nuestra nave. Al instante planté en la superficie lunar la bandera de mi pueblo, Vinci, mientras transmitía a grito pelado a la Tierra:

—Este es un pequeño paso para un niño de Vinci, ¡pero un pasote para la humanidad!

Y cuando más felices estábamos, apareció un extraño ser verde, lleno de tentáculos blancos y extraños bigotes que pegaba saltos y echaba escupitajos por la boca mientras me gritaba:

—¿Dónde está usted, señor Da Vinci?

—¿Yooo? Pues, eh… —la verdad es que me pareció un poco obvia la pregunta, pero mi educación me obligaba a contestar—. ¿En la luna?

—¡Exacto! ¡En la luna, como siempre! Y, ahora, ¿sería tan amable de bajar al planeta Tierra y continuar con su examen?

Y… ¡*zooom!*, de golpe y porrazo las risotadas de mis compañeros de clase me bajaron de la estratosfera hasta mi pupitre, donde, efectivamente, estaba haciendo un examen. De dibujo.

Qué desilusión. Ni luna, ni cohete, ni ná… Lo único real era el tipo feo y monstruoso que acababa de bajarme a la Tierra. O sea, don Pepperoni, que señalaba mi caballete de pintura con sus bigotes.

—Quedan exactamente diez segundos para que acabe el examen. Porque habrá terminado usted su trabajo, ¿verdad, señor Da Vinci? —dijo, poniéndose de puntillas para ver mi dibujo.

—Oh, sí, sí —le contesté—, lo estoy acabando en este instante.

—¡Mentira podrida! —dijo Maqui—. No tiene nad... Mmm... mmm —y no pudo terminar la frase porque mi amigo Miguel Ángel le metió una magdalena en la boca.

—Gracias, colega.

—*Di niente*, pero, tío, ¡pon el turbo, que no llegas!

Y para cuando dijo aquello... ¡ya solo quedaban seis segundos! De verdad, ¡qué estrés! Con tantos exámenes, los niños ya no podemos ni soñar. Así que agarré el pincel, localicé mi modelo y, ¡zas, zas! ¡Pintado!

Menos mal. Porque enseguida sonó —*¡píí!*— el silbato de don Pepperoni, dejándonos a todos medio turulatos.

—Bien —dijo el profesor—, ha llegado el momento de ver vuestros dibujos —y, al instante, los bigotes se le enroscaron alrededor de los ojos como si fueran lentes de aumento. Con ellas comenzó a recorrer los cuadros, observándolos detenidamente, mientras se rascaba la barbilla con los dedos índice y pulgar de la mano derecha—.

Comencemos por usted, señor Botticelli. ¿Qué tenemos aquí?

—Esto es… es… —contestó nervioso mi amigo—: *El nacimiento de Venus*.

—¿Perdóóón? —exclamó don Pepperoni mientras sus bigotes adoptaban una forma tan puntiaguda que parecían las púas de un erizo.

—Sí, Venus, la diosa del amor… aunque en realidad es mi prima Paquita. Verá, aparece en bañador sobre una concha enorme porque así es como la vi el otro día en el río Arno. Su madre, a la derecha, la esperaba con un albornoz para taparla, pero sus hermanos pequeños, a la izquierda, no hacían más que soplarle, a mala idea, para que le diera frío.

—*Psé…* —farfulló el profe con desgana—. No está mal, pero tampoco piense que este cuadro va a pasar a la historia. Cámbiele el nombre; Venus está muy visto. ¿Qué tal algo como… como…?

—¿Merceditas, como su sobrina, estimado y querido profesor? —preguntó Maqui como una ratilla pelota.

—¡Sí, es una buena idea! Llámelo *El nacimiento de Merceditas*. ¡Muchísimo mejor!

—Si usted lo dice… —respondió Boti con poca convicción.

—Botticelli, ¡aprobado por los pelos!

—Hoy está tiquismiquis «el bigotes» —dijo Lisa en voz baja.

—¡*Ssshhh!* Que se acerca —señaló Chiara.

—Veamos ahora la pintura de… de… —dijo, recorriéndonos con la mirada como el lobo para elegir a su presa—. ¡Miguel Ángel! Pero ¿dónde está Miguel Ángel?

—¡Estoy aquí arriba! —contestó desde el techo.

—¿Y qué hace ahí arriba cuando el examen es aquí abajo?

—Es que estoy pintando un fresco.

—¡Usted sí que es un fresco, jovencito! ¡Haga el favor de bajar y pintar en su lienzo como todo el mundo!

—Le va a catear, fijo… —susurró Rafa.

—¡Es que *La creación de Adán* no me cabe en un solo cuadro! —protestó Miguel Ángel, que es más bruto que un arado.

—¡Pues pinte la creación de otra cosa más pequeña, de una hormiga, por ejemplo! —dijo, regándonos a todos los que estábamos alrededor de saliva—. ¡Y no pinte en los techos, que estoy fatal de la artrosis y me duele el cuello de mirar hacia arriba! En fin… —dijo, recomponiéndose la ropa por efecto del disgusto—, le voy a poner un seis. Y, ahora, vamos a ver qué ha pintado el caballero que se pierde en la luna.

¡Toma! ¡Ese era yo!

—Bueno —le dije, echándole todo el rollo que pude—, lo mío es algo más conceptual, más minimalista, más…

—¡Horroroso! —gritó, mirando mi cuadro—. ¡No he visto en mi vida una cosa más fea!

—¡Grotesca, diría yo! —añadió Maqui.

—De eso se trata. Es que es una caricatura —expliqué.

—¡Ya lo sé! —gritó don Pepperoni—. No tengo un pelo de tonto. ¿Y se puede saber a qué criatura espantosa pertenece?

—Pues a… pues a… a usted.

Y, *clinc, clanc, clonc, ninooo, ninooo*, pude oír cómo me partía en mil pedazos mientras una ambulancia imaginaria

se acercaba a recoger mis cachitos. Al instante empezaron a retumbar el suelo de la clase, del cole, de Vinci, de Florencia, de Europa y del planeta Tierra mientras el profesor me gritaba:

—¡Fataaaaaaaaal!

—Pero, profesor, no me negará que es clavadito a usted —le repliqué con una sonrisilla.

—¡Y encima con recochineo! —dijo con un tic en el ojo izquierdo—. Muy bien, don Leonardo, ¡usted no saldrá de aquí hasta que no termine un cuadro decente!

—¡Pe-pe-pero mis abuelos me esperan para cenar y yo quiero ir a casa a descansar!

—¡Y un jamón! ¡A terminar el trabajo y a callarse, he dicho! —y se marchó mientras sus bigotes hacían como que me sacaban la lengua, burlones.

Y me quedé más solo que la una. En clase. Con mi cuadro. Y mi pajarillo Spaghetto, que se coló por la ventana tras oír la conversación.

—Lo tenemos chungo… —me dijo.

—Ya te digo. No sé qué pintar; no tengo modelo —me quejé.

—Debería ser algo que conozcas muy bien, que hayas pintado tantas veces que puedas hacerlo de memoria —me aconsejó Spaghetto.

Y de golpe nos miramos los dos, diciendo:

—¡Lisa!

La verdad es que la había pintado otras veces en mi taller, pero esta sería sin duda la mejor, la que más reflejara su sonrisa. ¡Iba a ser la repanocha!

Así que me puse a pintar y pintar, hasta que, *¡ouaaaah!*, caímos en brazos de un profundo sueño.

EL ROBO DEL SIGLO

Amaneció en Vinci.

Un rayo de sol entró por la ventana de clase directo a mi nariz y empezó a hacerme cosquillas. Aún dormido, me tapé la cara con el brazo.

—Mmm… Quiero dormir un poquito máááns.

Pero, entonces, empezaron a cantar los pajaritos. Que ya les vale ponerse a cantar todas las mañanas, ¡podrían irse a hacer *footing* o algo! Me tapé los oídos, pero dejé la nariz al descubierto y el rayo de sol, que tenía muy mala idea, volvió a tocarme las narices y no paró hasta que solté un sonoro achús.

Hale, ya estaba despierto. Qué fastidio.

Bostecé como un hipopótamo en la selva y, al estirarme, ¡plaf!, me di en las piernas con algo. ¡Ay! ¿Qué pasa aquí? ¡Esta no es mi cama! ¡Ni mi habitación en casa de la abuela!

Abrí los ojos y, entonces, me vi sentado en el pupitre, frente al caballete del retrato de Lisa que había pasado toda la noche pintando. Pero había un pequeño problema… ¡¿Dónde estaba el retrato?! *A ver, Leo, cálmate*, me dije, *intenta recordar. Ayer el profe me castigó, me puse a pintar y… ¡me quedé sopa! A lo mejor, medio dormido, guardé el cuadro en algún lugar.* Busqué en las cajoneras de los pupitres, en los armarios, en las mochilas olvidadas, en el arcón de las pinturas, ¡hasta en las letrinas! Tururú. Ni rastro de mi cuadro. Alguien había tenido que llevárselo. Pero ¿cómo saberlo si estaba dormido? Un momento: no había estado solo.

—¡Spaghetto! ¡Spaghettooo! —le llamé. Lo encontré acurrucado en el sombrero de lana rosa que Chiara siempre se dejaba olvidado en clase—. Colega —le dije, acariciándole con el dedo—, tienes que ayudarme. ¿Colega?

Ay, madre. Spaghetto siempre había sido muy dormilón, pero aquello se pasaba de castaño oscuro. Y de repente vi que mi pajarillo tenía un chichón del tamaño de una cereza en su cabecita.

—¡Oh, no, Spaghetto! ¿Quién te ha hecho eso? —le di-je, cogiéndole en la mano.

—¡Ay! ¡Un poco de cuidado, melón! —me gritó—. Me duele la cocorota —dijo, protegiéndose con el ala.

—Tranquilo, amigo, yo te cuidaré. Pero necesito que me digas qué te ha pasado.

—¡Eso quisiera yo saber, porque como le coja…! Ve-rás, tú terminaste de pintar tu cuadro y te quedaste frito. Entonces me empezaron a sonar las tripas de hambre, así que me fui al pupitre de Boti, que siempre guarda allí res-tos de bocata. Y justo cuando abrí el pico para comerme

una rodaja de mortadela, ¡la puerta de clase se abrió lentamente!

—¿En serio? —le pregunté.

—Ya te digo. Alguien tapado con una máscara entró muy despacio, recorrió los cuadros de tus compañeros y se paró frente al tuyo. Lo miró largo rato detenidamente, sacó una bolsa de su zurrón y lo metió dentro.

—¿Y yo no me enteré?

—¡No, alcornoque, porque estabas roncando como una marmota!

—¿Y no me despertaste?

—¡Lo intenté! Salí del pupitre revoloteando y, cuando empecé a trinar para llamarte, el tipejo ese me descubrió y ¡me dio un manotazo que me mandó volando contra la pared! Caí grogui en algo blando y ya no recuerdo nada más.

—¡Qué tío más malo! Pero ¿por qué se llevó precisamente mi cuadro y dejó los otros?

—Chico, yo qué sé; le parecería el más chulo. Como Lisa estaba tan sonriente y tan guapa…

—¿Dónde estoy sonriente y guapa? —dijo Lisa desde la calle, asomándose por la ventana.

Uf, ¡vaya pillada! Claro que, antes o después, se iba a enterar.

—Verás, Lisa, ¿te acuerdas de que don Pepperoni me obligó a quedarme hasta que terminara un cuadro?

—Sí, no veas el disgusto de tu abuela cuando le dije que tendrías que quedarte en clase. Me ha dicho que va a venir a arrancarle a don Pepperoni los bigotes.

—Típico de la abuela. Pues verás, en el cuadro pinté —tragué saliva—: Te pinté a ti.

—¡A mí! —gritó Lisa.

—Sí —dije con miedo—. ¿Estás enfadada?

—¡Me has hecho un retrato a mí! ¡A mí! —dijo, saltando y riendo—. ¡Me han hecho un retrato!

—Para mí que no está enfadada… —me susurró Spaghetto.

Y Lisa dio un salto por la ventana y se coló en clase con una sonrisa de oreja a oreja. Se acercó y, cogiéndome de las solapas, empezó a preguntar:

—¿Y dónde está, dónde, dónde estááá?

—Pues… el caso es que ya no está.

—¿Cómo? —soltó tan contrariada como si un cocodrilo le estuviera mordiendo el dedo gordo del pie.

—Me lo han robado, Lisa. Me quedé dormido y, cuando desperté, me habían robado el cuadro.

—¡Ja! —oímos de repente—. ¿Cómo que «le han robado el cuadro», señor Da Vinci? —era don Pepperoni. ¡El que faltaba!—. Que sí, profesor, que yo no quiero que le dé un telele ni nada de eso, pero un ladrón ha entrado aquí esta noche y me lo ha mangado.

—¿Y por qué tendría que creerle, señor Da Vinci?

—Pues porque… ¿se lo digo yo?

—Claaaro, me lo dice el mismo que hace una semana inundó la clase para experimentar con un submarino; el mismo que llenó el colegio de ranas para cocinar una nueva receta; ¡el mismo que explotó un petardo en mi cabeza delante del director para probar un sistema de extinción de incendios que, dicho sea de paso, no funcionó!

—¿Le doy la tila? —preguntó Lisa.

—No lo sé, está muy colorado —contesté.

—¡Pues no, señor Da Vinci! No le creo. ¿Puede usted probarlo?

—¿Yo? Pues, ahora mismo, no.

—¿Tiene usted testigos?

—¡Sí! ¡No! Bueno, mi pájaro…

—¡Eso, eso —dijo Spaghetto—, que me pregunte!

—¿Un pájaro? En ese caso, no me deja usted otra alternativa. ¡Suspendido!

—¡Oh, no! —gritó Lisa.

Y mi cabeza no paraba de repetir «suspendido, suspendido, suspendido…».

—¡Don Pepperoni, no me puede hacer eso! —le supliqué—. Usted sabe que, si suspendo, a mi padre le va a dar algo.

—Al que le va a dar algo es a mí, que me tiene ya hasta el gorro. Lisa, por favor, la tila…

Y Lisa le ofreció una caja de sobres de tila que, dadas las circunstancias, el profesor se metió entera en la boca, con cartón y todo. Después se bebió una jarra de agua y se marchó con un tic en el ojo y los sobrecitos de las tilas saliéndole por la boca. Qué mal estaba el pobre…

Claro, que no tan mal como yo. Porque ahora me tocaba enfrentarme a la madre de todos los obstáculos.

—Ay, Lisa. ¿Y cómo se lo digo ahora a mi padre?

PAPI CHUNGO

—¿Modo oso furioso o modo tigre de Bengala?

—Modo oso furioso mordido en el trasero por un tigre de Bengala —respondió mi abuela, preocupada.

¡Hala! Eso sí que era fuerte. Hasta aquel día mi padre nunca había tenido esa modalidad de enfado. Le conocía el «modo jabalí estresado», el «modo leopardo rabioso» y hasta el «modo hiena estreñida». Pero aquello era nuevo. Y sonaba chungo. Mucho.

—Hijo, tú tranquilo que el abuelo Antonio está en la sala de al lado intentando apaciguarle.

—¡Y no intentes apaciguarme, porque no lo vas a conseguir! —gritó mi padre.

—¡*Glups!* Pues me da a mí que no lo va a conseguir —le dije a mi abuela.

Y, de repente, la puerta de la habitación se abrió y apareció él. Como una torre, con su elegante vestimenta gris oscura, su espada al cinto y su capa brillante ondeando al viento. Como un superhéroe. La pera. Pero no era la pera. Era Ser Piero da Vinci, mi padre.

—Jovencito —me dijo, poniendo los brazos en jarras—, venga usted aquí, que tenemos que hablar.

Uf. Malo, malo. Así que puse en práctica el truco 6.01. O sea; mirar con cara de pollo triste a mi abuela.

—Abuuu… —le susurré, dando un paso atrás.

Y funcionó. Mi abuela dio un paso al frente, toda valiente, y le dijo a mi padre:

—¡A ver qué le vas a decir al chico, que él no ha hecho nada malo! —la cosa iba bien—. ¡Tu hijo es un niño muy bueno que hace las travesuras propias de los niños de su edad! —y ahí empezó a torcerse.

—Madre, no se esfuerce inútilmente —contestó mi padre—. ¡Leonardo, no te escondas tras las faldas de tu abuela y acompáñame!

—Buen intento —le susurré a mi abuela, que me miraba compungida—. No pasa nada, abu —le dije a mi abuelo, que veía triste cómo iba tras mi padre. Le seguí por un pasillo, que ese día se me hizo interminable, hasta llegar a la biblioteca.

¡Slam!, sonó la puerta al cerrarse.

—Y, ahora, siéntate ahí —dijo, señalando un enorme sillón tan mullido que, al plantar en él mi trasero, me engulló como si fuera a comerme; desde afuera solo se veían de mí la gorra y las canillas colgando. Mi padre, como hacía siempre, empezó a pasear de arriba abajo de la habitación, con las manos a la espalda, mientras hablaba con una voz que retumbaba por las esquinas—: Leonardo, he tenido que inte-

rrumpir mis múltiples compromisos profesionales por la paloma mensajera que me ha mandado tu profesor. ¿Sabes lo que decía su nota?

—Pues que…

—¡Silencio! No me repliques. Pues decía que te han suspendido dibujo. ¡Dibujo! La asignatura que mejor se te da, supuestamente. ¿Y sabes lo que eso significa?

—Sí, que…

—¡Silencio! No me repliques. Significa que con una asignatura suspendida… ¡no podrás pasar de curso! ¿Tienes algo que decirme?

—¿Ahora sí te puedo replicar?

—Por supuesto; ardo en deseos de escucharte.

Y *un jamón*, pensé yo, pero no era momento de ponerme a discutir, así que hablé con toda la convicción que pude sacando la cabeza del sillón:

—Verás, papá, yo no engaño a nadie. Te prometo que me quedé toda la noche pintando el cuadro del examen, ¡pero al amanecer alguien me lo robó!

—Mmm. ¿Y desde cuando los niños se quedan en el colegio a hacer exámenes por la noche?

Era una pregunta trampa.

—Pues…, ¿desde que el profesor los castiga por haberle pintado una caricatura?

—¡Ajá! —gritó mi padre—. Ahí lo tienes. ¡Es que no paras, Leonardo! ¡Fuegos, huracanes, inundaciones! Tú y tus inventos tienen harto al profesor, y con razón. Tu actitud merece un serio correctivo. Este año… ¡te quedarás sin vacaciones!

—¡Oh, no, nooo, papá, por favor! —le supliqué, dando un salto desde el sillón traganiños para abrazarme a sus piernas—. ¡Es el único momento del año que tengo para estar contigo!

—Lo sé, y no creas que no lo siento, pero ya sabes que mis múltiples compromisos profesionales…

—¡Sí, lo sé, te alejan todo el año de mí! Mamá vive en el campo, tú te pasas los días trabajando y viajando…

—Por eso te he traído a vivir con tus abuelos a Vinci, donde hay una de las mejores escuelas. ¿Es que ellos no te cuidan bien?

—¡Ellos me cuidan más que bien, supermegabien, no hay nadie como la abuela y el abuelo, pero tú eres mi padre y yo necesito estar contigo! —y unas lagrimillas traicioneras me resbalaron por las mejillas. Mi padre las vio y, entonces, inspiró hondo y se sentó en una butaca.

—Leo, Leo, no sé qué voy a hacer contigo…

—¿Quitarme el castigo, porque ya he aprendido la lección? —le pregunté, sonriente y rápido como una comadreja.

—Buen intento pero… ¡no!

Vaya por Dios. Pues tenía que aprovechar aquella oportunidad, así que me lancé:

—Papá, tengo una idea: si consigo que el profesor me quite el suspenso, ¿me llevarás contigo de vacaciones?

—Pues… —musitó largo rato, rascándose la frente—. ¿Por qué no? Me parece un trato justo.

—¡Bien! —grité, abrazándole.

—¿Y cómo piensas conseguirlo? —me preguntó, mirándome directamente a los ojos.

—Solo hay una forma: demostrar que me robaron el cuadro —declaré, convencido.

4

UNA NOVIA PARA
EL TÍO FRANCESCO

—¡Adiós, papá! —le dije mientras se alejaba en su lujoso carromato azul tirado por cuatro corceles blancos. Atrás dejaba una gran polvareda producida por el trote de los caballos y el estruendo de las herraduras al chocar contra el camino de piedra.

Era chulo de ver, pero chungo de sentir.

Siempre que mi padre se iba, se me caían el ánimo, la gorra y hasta los mofletes del disgusto, pero mi intuición me decía que estaba a punto de pasar algo genial, ¡y no me equivocaba!

De repente, la nube de polvo producida por los caballos cambió de dirección y empezó a dirigirse hacia mi casa. ¡Guay! ¿Sería mi padre que volvía? Mmm, qué raro.

Me puse a sacar conclusiones de los datos: un carro de color rojo, más un conductor que corre que se las pela, más los pájaros del camino agarrándose a los árboles con el pico para no ser arrastrados por la velocidad solo podía ser: ¡MI TÍO FRANCESCO!

—¡Sobrino Leonardo! —gritó mientras se bajaba de un salto del vehículo y extendía sus brazos para achucharme.

—¡Tíooo! —le chillé, saltándole al cuello porque es el tío que más quiero en el mundo y porque, cuando él aparece, no hay días tristes y, aunque llueva, él se las apaña para traer el sol.

—¡Cuánto te he echado de menos! ¿Has vuelto a inundar la clase del profe?

—Solo dos veces…

—¡Así me gusta! Tengo algo para ti —dijo, guiñándome el ojo—. Está en el maletero; toma las llaves y abre.

—¿Yo, abriendo tu carro? —le pregunté, sorprendido.

—Claro.

¡Guau! Porque no sé si os he comentado que su carro es E-S-P-E-C-T-A-C-U-L-A-R. ¡Es un vehículo de competición que hemos tuneado juntos! Construido con una madera especialmente ligera y con unos alerones superguapos para reducir la resistencia al viento, tiene todo lo que un piloto podría soñar: asientos ergonómicos, o sea, muy blanditos

para adaptarse a la forma del cuerpo; faros con luciérnagas amaestradas para que los caballos vean por la noche y, lo mejor, el equipazo de música casi estéreo, y digo «casi» porque los ruiseñores que hemos puesto a cada lado del carro se mosquean entre ellos y no siempre cantan a la vez.

Bueno, pues, en ese prodigio de perfección ¡yo tenía un regalo! De un salto felino me planté frente al maletero y al abrirlo, *¡tachán!*, no podía creerlo: ¡telas y cuerdas para mis alas! A ver, tranquis, que no se me ha ido la olla; es que mi tío sabía que mi sueño era inventar un artefacto para volar como un pájaro.

Vale, sí, hasta el momento solo había conseguido hacerme un chichón. Bueno, o diez o doce. Pero estaba muy cerca de crear lo que yo llamaba el *vinciplano:* un cacharro que me permitiría despegar y planear por los aires. Lo de aterrizar ya era otro tema. ¡Pero en aquel momento decidí disfrutar de lo que tenía!

—Tíooo, eres la caña —le dije, agarrándome de nuevo a su cuello en plan koala—. Tú sabes lo que me mola —y me vine arriba—. ¿Te pinto un escudo en la puerta del carro? ¿Qué te parecería un caballo negro encabritado con un fondo naranja? ¡No! ¡Mejor amarillo! ¿Eh, eh, eeehhh? ¡Esa novia tuya, Katy Médici, va a flipar si lo ve!

Y, de repente, un par de cepillos limpiaparabrisas imaginarios aparecieron en la cara de mi tío y, ñic, ñic, ñic, le borraron la sonrisa y un pimiento mustio ocupó el lugar de su boca.

—No creo que Katy vaya a ver mi carro —me dijo. Inmediatamente, sus ojos se humedecieron y su nariz sorbió un moco. Poniéndome la mano en el hombro, me dijo—: Leo, de hombre a hombre; con Katy lo tengo muy chungo.

—¿Más que de costumbre?

—Mucho más —me contestó.

Vaya, pues sí que estaba mal la cosa, porque las últimas veces que había intentado ir a verla, su padre le había echado al foso de los cocodrilos del castillo, le había mandado un francolanzador de ballesta profesional e incluso le había enviado por correo una mofeta pedorra. Según me contaron, su padre, Lorenzo de Médici, era un jefazo en Florencia y, aunque mi padre era un notario muy conocido, su hermano, o sea, mi tío Francesco, debía de parecerle poco para su hija.

—Es que me he enterado de que su familia se la lleva de vacaciones tres meses —añadió con pesar—. ¿Te imaginas lo que puede ser pasar las vacaciones sin la persona que más quieres en el mundo?

—¡Ya te digo! Como que mi padre me acaba de decir que me castiga a no pasar las vacaciones con él.

Nos miramos y… *¡Buaaaaaaaa!*, al instante los dos estábamos llorando como magdalenas.

—¿Te hace un momento de «confidencias tío-sobrino» en la terraza? —le pregunté.

—Me hace. Y salimos corriendo escaleras arriba hacia la azotea de la casa de la abuela.

Estos ratillos en la terraza, bajo la noche estrellada, a la luz de la luna, son la repanocha. Lo solemos hacer en primavera y verano, porque en invierno te puedes quedar pajarito de frío. Solemos llevar pipas, un telescopio y galletas.

La magia se pierde un poco cuando vemos ondear los calzoncillos del abuelo en la cuerda de tender, pero no importa; es nuestro rincón para los momentos difíciles. Y, aquel, sin duda, lo era. Yo le conté que me habían robado el cuadro del examen; él me contó que le habían robado el corazón.

—Aaayyy —suspiramos.

—Qué complicado es querer a las chicas —concluyó mi tío—. ¿No estás de acuerdo, Leo?

—No lo sé —le contesté—. Tengo ocho años y estoy en esa etapa de la vida en la que paso de ellas.

—¿Y no hay ninguna amiga especial? —insistió.

—No, bueno, está Lisa. ¡Pero no me mola! —aclaré—. Solo es mi amiga, por eso decidí pintarle el cuadro.

—¿Y no tienes ni idea de quién ha podido robártelo?

—¡Qué va!

—Pues tenemos muchos problemas y poco tiempo para resolverlos —dijo mi tío—, porque en dos días Katy y tu padre se marcharán de vacaciones.

Era una situación complicada, pero ¿os he dicho que son mi especialidad? Así que lo vi claro y le dije:

—Tío, tenemos dos opciones: seguimos comiéndonos las pipas y el tarro o… ¡empezamos a actuar!

—¡Soy todo oídos! —dijo, lanzando las pipas por los aires.

—¿Qué te parece si unimos nuestras fuerzas? Tú me ayudas a encontrar al ladrón de mi cuadro y yo te ayudo a hablar con Katy antes de que se vaya. No tenemos nada que perder y mucho que ganar. Así que…, ¿hay trato?

Y, chocando su mano con la mía, mi tío gritó:

—¡Hay trato!

5

LEO DETECTIVE

«De profesión, aventurero». Eso es lo que pone en la tarjeta de presentación de mi tío Francesco. A lo mejor por eso no le cae bien al padre de Katy. Le gusta hacer escalada, senderismo, *puenting*, surf, cazar serpientes y leer las cagarrutas de los animales del bosque. ¡Palabra de honor que ve una y en medio segundo sabe de qué bicho es!

Su experiencia me iba a ser muy útil porque, si bien no esperaba encontrar una cagarruta del ladrón... ¡alguna huella habría dejado! Mi tío era un gran rastreador de animales, y el tipo que se atrevió a robarme el cuadro, un poco animal sí que era.

—Lo primero que tenemos que hacer —dijo mi tío mientras Miguel Ángel, Lisa y yo comíamos *tagliatelle* en la cocina de la abuela— es ir al lugar del crimen.

—¡No fastidies! ¿También se han cargado a alguien? —preguntó Miguel Ángel con la boca llena.

—Que no, melón; es una forma de llamar al lugar donde me han robado el cuadro —aclaré.

—Es que este no lee historias de detectives —añadió Lisa por lo bajinis—. Como está todo el día con el mármol...

—Pues entonces hay que ir al cole. Concretamente, a nuestra clase —dedujo Miguel Ángel, que es muy brutote, pero no se le escapa una.

—¡Genial! ¿Podemos ir a hora? —preguntó mi tío.

—Sí —le dije—. Hoy es sábado y no hay nadie.

Y allá que nos fuimos, en plan equipo de investigación.Fue un momento muy emocionante. Salimos del carro de mi tío los cuatro a la vez, muuuy lentamente, en plan chulito. Todos llevábamos el pelo engominado hacia atrás y chaquetas muy molonas con las solapas levantadas. A la vez, y con la mano derecha, sacamos unas gafas de sol del bolsillo y nos las pusimos. Éramos la caña. A mi voz de «¡Adelante!» nos dirigimos todos hacia la clase.

—Muy bien, chicos —les recordé—; el plan es el siguiente: yo abro la puerta, Lisa me cubre con su tirachinas, el tío rastrea las huellas y tú, Miguel Ángel…

—Yo tengo pis.

—¿Cómo? —preguntamos todos, asombrados.

—¡Que me estoy haciendo pis! —repitió a gritos—. ¿Qué pasa?

—Hombre, pues que esta no es forma de empezar una investigación seria —contesté, bastante enfadado.

—Bueno, tampoco es plan de que se lo haga encima —dijo Lisa, sin faltarle razón.

—Bueno, venga, vale; que vaya al baño y nosotros pasamos a la clase.

Ñiiic. Abrimos la puerta, sigilosos. Recorrí con la vista la sala desde el extremo norte de la ventana al extremo sur de la pizarra.

—Vía libre —le dije a Lisa en voz baja, y nos adentramos en la clase desierta—. Tenemos que tener mucho cuidado para no contaminar las pruebas. Tomad estos guantes y vigilad dónde pisáis —les advertí. Todos asintieron con la cabeza y sacaron sus lupas a la vez.

Lisa examinó los pupitres de mis compañeros.

—¡Nada por aquí!

Miguel Ángel miró detenidamente el pomo de la puerta, pues el ladrón tuvo que tocarlo para entrar. Pero su respuesta fue:

—Aquí tampoco; nada.

Y, de repente, mi tío gritó:

—¡Aquí! ¡Lo tengo!

Como suricatos, todos levantamos la cabeza de golpe y fuimos corriendo a ver de qué se trataba.

—Huellas positivas de carácter orgánico —empezó a decir.

—*Ejem, ejem* —le dije a mi tío—, que tenemos ocho años.

—Ah, sí, ¡perdón! —contestó—: Son huellas producidas por la impresión de una sustancia oscura en la suela de un zapato sobre las baldosas del suelo.

—¿Y cómo sabemos que son del ladrón? —preguntó Lisa.

—Por dos razones; son más recientes que las demás y mucho más grandes que las de los alumnos.

—Y son muy profundas —añadí—; deben de ser de alguien muy pesado.

—¿Más que don Pepperoni, que es más pesado que tres vacas juntas? Juas, juas, juas —se rio a carcajadas Miguel Ángel.

—*¡Shhhh!* —le dije—. No grites, que nos van a descubrir.

—Fijaos; recorren el suelo bajo los pupitres hasta llegar al caballete de pintura de Leo —dijo entonces mi tío.

—Exactamente como Spaghetto me contó que hizo. Vamos a examinarlo —les contesté.

Bajo la lente de mi lupa, descubrimos en la base unas huellas dactilares del mismo color negruzco que las del suelo. Pero había algo más: unas pequeñas motas de una sustancia grisácea. La froté entre los dedos.

—Mmm —dije, olisqueando—: Huele a horno. ¡Como el de la pizza de la abuela!

—¿El ladrón es tu abuela? —preguntó Miguel Ángel con los ojos como platos.

—¡No, cenutrio! —le contesté—. Es más un olor a… a…

—Madera, madera de cerezo quemada —dijo mi tío, paladeando la extraña sustancia para identificarla—. Un cerezo joven de no más de veinte años. Con una ardilla bizca viviendo en su copa.

—¡Toma con el lector de cagarrutas! —le dije, admirado.

—Gracias, sobrino. Esto es lo que vulgarmente se conoce como ceniza —añadió—. El que ha robado aquí había estado antes en algún sitio donde se ha quemado madera de cerezo.

—Uf, pues a ver ahora quién lo encuentra —contestó Miguel Ángel, sentándose en el suelo de clase con desilu-

sión—, porque en Vinci todos quemamos madera de cerezo en la chimenea, en el campo, en la iglesia, en la plaza, en el asador de pollos, en…

—Pero no todos han dejado sus huellas —añadió Lisa con esa enigmática sonrisa tan característica suya.

—Exacto. Ahora solo tenemos que seguirlas. Y quién mejor para hacerlo que el mayor rastreador de huellas de Florencia —dije, señalando a mi tío con el pulgar.

Entonces, mi tío nos guiñó el ojo y, a una señal de su mano, nos agachamos y pegamos la cara al suelo. Como gusanos zigzagueantes, empezamos a arrastrarnos para seguir, detrás de él, las huellas de las pisadas.

No sé cómo se sentirán los detectives profesionales, pero nosotros estábamos emocionadísimos. Sobre todo, estábamos seguros de las grandes capacidades de mi tío.

Ayyy, para que luego el padre de Katy diga que es un inútil…

6

SIGUIENDO EL RASTRO

¡Dang, ding, dong, duuung!, sonaron las cuerdas del laúd de Rafa. Ensayaba tan alto que se podía escuchar desde la calle.

Estábamos frente a su casa, una bonita finca rodeada de flores. No podíamos creerlo.

—¿De verdad pensáis que Rafa ha sido capaz de robar mi retrato?

—Las huellas llegan hasta su puerta —contestó implacable Miguel Ángel—. ¿Sí o no, tío Francesco?

—Pues, pues… —balbuceó mi tío con pesar.

—A ver, Marmoleitor —le dije—, es verdad que las pruebas están en su contra, pero eso no es suficiente para culpar a alguien. Vamos a hablar con Rafa.

—Sí —corroboró Lisa—, seguro que hay una explicación.

Toc, toc, llamamos a su puerta.

—¡Qué alegría veros, amigos! —nos dijo al abrirnos.

—¡No te vas a alegrar tanto cuando sepas por qué estamos aquí! —le soltó Miguel Ángel a mala idea.

—¡Sooo, toro! —tuve que decir para frenar a mi amigo, que se pasa tres pueblos con la gente.

—Verás, Rafa, tenemos un asuntillo que comentarte. ¿Podemos pasar?

—Sí, claro —nos dijo—. Adelante, colegas.

Subimos a su habitación, que estaba llena de laúdes y mandolinas, gorras, pósters de grupos rockeros y su gran estrella: Rayo, la única tortuga del mundo capaz de correr a cien millas por hora para comerse una gamba. ¡La caña!

—Rafa, ¿recuerdas que tuve que quedarme en clase toda la noche para pintar el cuadro del examen? —le pregunté.

—Sí, claro. ¿Por cierto, qué tal te quedó?

—¡Tú sabrás, que se lo has mangado! —soltó Miguel Ángel, acorralándolo como un rinoceronte.

—¿Quééé? —preguntó alucinado Rafa—. ¡Yo no le he mangado nada a nadie! —dijo, encarándose con él—. Siento muchísimo que te lo robaran, pero ¿cómo se os ha ocurrido que haya podido ser yo?

—Porque las huellas que dejó el ladrón en clase nos han traído hasta tu casa —dijo Lisa con pesar.

—Mmm… —dijo Rafa, rascándose la cabeza muy serio—. Quiero ver esas huellas ahora mismo.

Y, al instante, estábamos abajo, en la calle, junto a la principal pista

del delito. Rafa examinó el terreno largo y tendido y, al final, dijo:

—Efectivamente, las huellas terminan en mi puerta, así que vamos a seguirlas dentro de mi casa a ver adónde van.

—No entiendo nada —me susurró Miguel Ángel—. ¿Se quiere descubrir a sí mismo?

—*Shhh*, vamos a hacer lo que nos dice.

Y seguimos las pisadas por la puerta, el salón, el pasillo, la cocina y…, ¡toma corte! Salieron por la puerta trasera del patio y siguieron por la calle.

—¡Ahí lo tenéis! —dijo Rafa—. El ladrón ha entrado en mi casa y se ha largado.

—¡Genial! —dijo Lisa—. Entonces tú podrás decirnos quién vino a tu casa anoche.

—Todo el pueblo —contestó Rafa.

—¿Cómo? —le preguntamos, con la bocaza tan abierta que la mandíbula casi se nos cae al suelo.

—Sí; ayer fue el cumpleaños de mi madre y todo el pueblo vino a felicitarla. No faltó nadie.

Y, ¡zas!, Rafa derribó cualquier sombra de culpabilidad contra él como quien derriba un árbol. Y el tronco, claro, fue a parar a la cabeza de Miguel Ángel.

—¿Ves como no podía ser él? —le dije.

—Mmm, petardo, mmm, niñato —refunfuñó Miguel Ángel.

—Me alegro de que se aclare el malentendido —añadió entonces el tío Francesco—, pero tenemos que seguir las huellas.

Y, tras despedirnos de Rafa, nos fuimos persiguiendo de nuevo las señales.

Pasamos junto al río y nos saludaron las lavanderas; pasamos por la granja y nos saludaron los pollos; pasamos por la cañada... y las ovejas pasaron de saludarnos porque son así de bobas.

Seguimos un camino repleto de margaritas hasta que las huellas nos llevaron a una casa como de cuento ñoño, con las puertas verdes, las ventanas rojas y una chimenea amarilla que echaba un humo negro que lo manchaba todo.

—¡Un humo negro! —gritamos a la vez.

—Ahora sí que le tenemos —dijo Miguel Ángel.

—Pues no lo creo —contestó Lisa con bastante convencimiento—, porque es la casa de mi amiga Chiara y ella jamás haría algo así con un cuadro de Leo.

¡Ding-dong!, llamamos a su puerta.

—A ver —le recordé a Miguel Ángel—, no podemos volver a meter la pata como con Rafa. Con Chiara hay que ser sutiles y delicados. ¿De acuerdo, amigo?

—Por supuesto —me contestó.

—¡Qué sorpresa! —dijo Chiara al abrir la puerta.

—¡No finjas, amiguita! —le soltó Miguel Ángel, apuntándola con el dedo—. ¿Dónde estabas la noche de ayer entre las nueve y las tres de la mañana? ¿Robando un cuadro?

—Colega, ¡¡qué parte de «hay que ser sutiles y delicados» no has entendido?!

Y, ¡plaf!, Chiara nos dio con la puerta en las narices. Lógico. Yo habría hecho lo mismo. Y a lo mejor incluso le habría tirado algo a la cabeza. Un calcetín sudado de una semana, por ejemplo.

—¡Chiara, no hagas caso al cromañón de Miguel Ángel y déjanos entrar! —le gritó Lisa a través de la puerta.

—¡Yo a ese no le abro ni de churro! —soltó Chiara desde dentro.

—Amiga, es que tenemos un problema. A Leo le han robado el cuadro del examen, y era un retrato mío —le explicó Chiara.

—¿Un retrato tuyo? —masculló Chiara—. ¡Hombre, haberlo dicho antes!

Ras, ras, ras, se escuchó descorrer el pestillo. Al instante estábamos dentro, pues Chiara todo lo que tiene de bruta lo tiene de buena persona y nos metió en su cocina a empujones. ¡Guau! ¡Qué pedazo de cocina! Llena de pucheros rojos, cucharas de madera, enormes sartenes naranjas y verdes, botes con pasta de todas las formas y tamaños, especias de mil colores... No tenía nada que envidiar a la de mi abuela. Aunque esto último, mejor no digáis que os lo he dicho, ¿vale?

Con gorro de cocinero, delantal y un rodillo de amasar en la mano (una pinta un pelín amenazante), Chiara nos preguntó:

—A ver, ¿qué queréis de mí?

Y, cuando estábamos a punto de contestar, llegó a nuestras narices un aroma que nos elevó; una serpiente zigzagueante de olor que nos envolvió y se enredó en nuestras piernas, haciendo que nos sintiéramos volar.

—¿Qué... qué... qué es eso que huele tan bien? —pregunté con cara de bobo y la boca rebosando de saliva.

—¿Esto? —dijo, señalando el horno—. Pizza sonriente —y, al abrirlo, descubrimos una deliciosa pizza que..., ¡nos sonreía de verdad!

—¡Guau! ¿Y es muy difícil de hacer? —pregunté.

—No, qué va. Yo aprendí la receta con este rap. Veréis.

Y, al instante, Chiara se cambió el gorro de cocinera por una gorra cuya visera colocó hacia atrás y empezó a cantar más chula que un ocho:

Tú, tú, tú tú, tú túúú.
Si una pizza sonriente quieres cocinar
cógete una base ¡que van a flipar!
Échale tomate, échale jamón,
echa mozzarella ¡y que cruja mogollón!
Tú, tú, tú tú, tú túúú.
Ponle algo de orégano y aceite de oliva
y ahora la decoras como yo te diga:
con dos aceitunas le harás los ojillos
y para los labios ¡pon dos pimientillos!
Con granos de maíz los dientes tendrás,
pon media alcachofa ¡y la nariz harás!
Y ahora para abrir el horno con cuidado
avisa a un adulto. ¡Pero que no esté alelado!
Mete la pizza al horno quince minutejos
y zámpatela pronto, ¡este es mi consejo!

Tú, tú, tú tú, tú túúú. ¡Plas, plas, plas!, aplaudimos todos, alucinados por la superactuación de Chiara.

—¡Bravooo! —gritó mi tío—. ¡Eres una artista!

—Bah, no es nada del otro mundo —dijo Chiara con modestia.

—Sí, sí, muy guay todo, peeero ¿Chiara es o no es la ladrona que te robó anoche el cuadro? —insistió Miguel Ángel.

—¡Que yo no he robado nada, batracio! —le dijo Chiara, tirándole una sartén a la cabeza—. No pude hacerlo porque anoche estuve en el pueblo de al lado, durmiendo en casa de mi abuela.

—¡Pero las huellas nos han traído hasta aquí! —insistió Miguel Ángel—. ¡Y tu pizza quemada está produciendo humo negro!

—¿Quééé? Mi pizza está perfectamente. ¿No lo veis?

Y era cierto; la pizza sonriente estaba muy blanquita.

—Entonces —pregunté con cuidado por miedo a que Chiara me lanzara algo a mí también—, ¿qué hay en tu chimenea que echa humo negro?

—Carbón para calentar el agua con la que bañamos a mi hermana Liu. Es que es muy pequeña y si no se la calentamos se resfría. Mirad, ¡ahí está!

Un bebé regordete de ojos rasgados y sonrisa preciosa se acercó a nosotros dando pasitos.

—Chiara guapa —le dijo.

Nuestra amiga la cogió en brazos y le dio un sonoro beso en la mejilla que le dejó los labios marcados. Sus papás la tenían que querer mucho porque se habían ido a por ella ni más ni menos que a la China. Y Chiara también la quería. Mogollón. Y nunca se enfadaba con ella por mucho que la llenara de babas. ¡Jo, cómo molaba verlas juntas!

—Está claro que no ha sido Chiara, sin embargo, las huellas desaparecen en su puerta —dijo mi tío.

—Pues solo quedan dos opciones, o salió volando como un vampiro, o sencillamente, ¡se quitó los zapatos! —observó Miguel Ángel.

—Puede ser —añadí—, aquí en Vinci la gente lo hace cuando tiene mucho calor.

—¡Qué contrariedad! —exclamó mi tío—. Entonces no podré seguir las huellas.

—Tú no —contesté—, pero se me ocurre alguien que sí puede hacerlo.

7

EN LA CASA DEL MONSTRUO

Macaroni abrió el ojo, levantó una ceja, nos miró, bostezó como si no hubiera un mañana y se tapó la cara con la pata. Para ser nuestra única esperanza, mi perro nos lo estaba poniendo muy difícil.

—Venga Macaroni, despierta —le dije—; necesitamos tu olfato para encontrar a alguien.

—¡*Guauuuuu!* —dijo él, que en idioma perruno significa «Paso de todos. Yo voy a seguir durmiendo».

—Eres un tipo duro, eh… —le solté—. Está bien, me gusta tu estilo. Miguel Ángel, procede.

Y Miguel Ángel mostró la moneda de cambio que mejor podía convencer a Macaroni: un trozo de pizza de atún y anchoa.

—¡*Reguauuuu!* —ladró mi perro mientras se lanzaba a por ella en un salto más propio de un gato que de su condición canina.

—Menos gritos, Milagritos —le dije, cerrándole el maletín justo delante del hocico. Y, con una voz un tanto afónica, añadí—: Si quieres lo que yo tengo, tienes que darme lo que tú tienes, *capisci?*

Tres segundos después, tenía a Macaroni siguiendo el rastro del olor de los pinreles del ladrón.

—¡Alucinante! —dijo mi tío Francesco—. Tu perro no se movió tan rápido ni cuando le persiguió aquel cocodrilo que se escapó del circo.

Tras continuar por un camino tortuoso, se quedó clavado como una flecha. No, más bien, como unas estatua. Bueno, como una estatua canina. No había duda. Su pata delantera derecha y su hocico señalaban la casa del presunto ladrón.

—¡Oh, nooo! —dijo Lisa—. Esto era lo peor que nos podía pasar. Bueno, esto y que una manada de pirañas nos mordiera el trasero.

No se equivocaba, porque de todas las personas de Vinci, la peor de la que podíamos sospechar era... ¡MI VECINO DON GIROLAMO! Se le conocía por ser el hombre más feo, malhumorado y loco de Vinci. Ningún niño se había atrevido nunca a entrar en su casa. O, al menos, no había salido vivo de allí para contarlo.

Vestido siempre con la misma túnica marrón andrajosa y calzado con unas chanclas verdes que jamás conocieron la palabra «desodorante de pies», le gustaba decir que el mundo se iba a terminar pronto porque éramos todos muy malos. Sobre todo yo.

Pero lo peor es que don Girolamo no tenía sentido del humor. Una vez inventé una cortadora de césped, se me olvidó apagarla... ¡y no veas cómo le dejó el jardín! Bueno, y el perro, y el gato, y... Yo he de reconocer que le tenía un poco frito con mis inventos. Y miedo, lo que se dice miedo, tampoco me daba. Ahora, de ahí a entrar en su casa y decirle «Hola, buenas, que vengo a averiguar si es usted un ladrón» había una diferencia. Claro que… ¿para qué estaba si no el tío Francesco?

Toc-toc-toc, llamó mi tío a la puerta de la oscura casa de don Girolamo. Una, dos, tres veces… y nada, ni caso.

—Igual está muy liado con todo eso del Apocalipsis —dijo Lisa.

—¡Pues que se deslíe y nos abra! —gritó Miguel Ángel.

Como si sus palabras hubiesen sido mágicas, la puerta de don Girolamo se abrió de repente y una voz áspera y ronca nos habló desde la penumbra:

—¿Quién osa perturbar mi descaso? —preguntó.

Entonces el tío Francesco, echándole morro, sacó una caja de pizza con un enorme lazo, se calzó una gorra roja y se puso delante de sus narices diciendo:

—¡Pepepizza a domicilio!

—¡Yo no he pedido ninguna pepepizza! —*¡slam!* Don Girolamo le dio con la puerta en las narices.

—*Ejem* —le dije—, buen intento, pero para mí que no ha colado.

—Vaya —dijo mi tío, poniendo a trabajar sus neuronas a tanta velocidad que hasta podíamos oírlas desde fuera de su cabeza—. ¡Ya lo tengo! ¿Veis esas túnicas verdes colgadas en la cuerda de la señora Mortadelina?

—Sí —contestamos al unísono.

—Pues vamos a cogerlas y… ¡seguidme el rollo!

Toc, toc, toc, llamamos a la puerta de nuevo.

Rápidamente, don Girolamo abrió la puerta, vociferando furioso:

—¡Ya le he dicho que no quiero pepepizz…! ¿Eh? —y se quedó más cortado que un café cuando nos vio a todos vestidos de verde en su puerta.

—El de la pepepizza era mi hermano gemelo. Yo soy de Pepebicho, y hemos venido para solucionar su problema con las termitas.

—¿Quééé? —preguntó don Girolamo, abriendo mucho las orejas porque no entendía nada.

—Sí, hombre, ¡termitas! Insectos neópteros que se alimentan de la celulosa de la madera capaces de zamparse su casa en menos que canta un gallo. ¡Oh, cielos! —exclamó, echándole cuento—. Creo que puedo oír sus mandíbulas mordisqueando los muebles. ¡Menos mal que nos ha llamado, caballero!

Y, sin darle opción, mi tío apartó a don Girolamo y entró en su casa llevándonos con él. ¡Estábamos dentro!

—Ahora —susurró mi tío, guiñándonos el ojo—, buscad el cuadro mientras yo le entretengo —luego, dirigiéndose al anciano gruñón, añadió—: Y dígame, señor mío —le dijo mi tío, pasándole el brazo por el hombro para alejarlo de la habitación—, ¿cuándo ha empezado usted a notar que se le rompían los muebles?

—¿Ehhh? Pe-pe-pero si yo no he notado nada —don Girolamo no entendía ni papa. Pobre… casi llegó a darme pena. Pero se me pasó enseguida.

—Vale, chicos, este es el plan —les dije a mis amigos—; tenemos poco tiempo para encontrar el cuadro antes de que don Girolamo nos descubra y nos mande a freír espárragos. Esta casa solo tiene dos estancias: la cocina, donde se lo ha llevado mi tío, y este salón, así que nos toca buscar aquí —y, como si fuera el jefe de un comando, me puse a darles órdenes—: ¡Lisa!

—¡Sí, señor! —contestó, cuadrándose como un soldado.

—¡Mira en los armarios!

—¡Comprendido! —y se fue como un rayo.

—¡Tú, Miguel Ángel!

—¡A la orden! —contestó.

—¡Busca bajo las alfombras!

—¡Inmediatamente! —obedeció mi amigo.

—¡Macaroni! ¿Macaroni? —se había vuelto a quedar frito, como de costumbre. No importaba. No era imprescindible. Tenía a mi equipo trabajando.

¿Qué hice yo, mientas tanto? Miré y remiré en todos los huecos, estanterías, cajas… El resultado en los tres casos fue el mismo: cero patatero. Ni rastro de mi cuadro. De repente escuchamos a mi tío, que corría como una flecha hacia la puerta con un mensaje claro:

—¡Huiiid!

Glups, tragamos saliva. Tras él apareció don Girolamo, blandiendo una sartén mientras gritaba:

—¡Sinvergüenza, fuera de aquí!

—Para mí que ha descubierto que no somos exterminadores de termitas —opiné antes de salir volando de aquel lugar, agachando la cabeza para evitar el sartenazo inminente.

—¡Y no volváis por aquí o conoceréis mi venganza! —dijo don Girolamo para rematar.

—Uf —dije ya en la calle, apoyado en una pared—, nos hemos librado por los pelos. Pero aquí hay algo que no encaja: si el cuadro no está en su casa, ¿entonces dónde está?

Como si el destino nos hubiera oído, al instante pasó frente a nosotros don Girolamo montado en su carro, a toda pastilla. Una enorme tela de color gris impedía ver lo que había en la zona de carga, pero en ese momento cayó del carro un extraño polvo de color negro. ¡El mismo de las huellas!

Claro. ¡Seguro que mi cuadro estaba en el carro! El único lugar donde no habíamos buscado... Mis amigos, mi tío y yo nos miramos y dijimos a la vez:

—¡Hay que seguirle!

Cabalgando en el potente bólido de mi tío, fuimos tras su rastro.

8

BIENVENIDOS A PISA

Menos mal que habíamos tenido la precaución de decirle a nuestros padres y abuelos que íbamos a pasar la noche de acampada con el tío Francesco. A nadie le extrañó, porque era lo habitual cada vez que venía a Vinci. Pasar la noche con mi tío en el bosque era genial, porque es la caña descifrando los ruidos de los animales, los olores de las plantas y esas cosas, y además lo sabe todo sobre la posición de los planetas y el nombre de las estrellas.

Claro que aquella «acampada» no estaba siendo del todo normal. Habíamos sustituido la calma y quietud del saco de dormir por el traqueteo del supercarro de mi tío.

Atrás dejamos los pueblos de Fucecchio, Santa Croce sull'Arno y Castelfranco di Sotto hasta que vimos un cartel que decía: *BENVENUTI A PISA*.

—¡Toma! —dije, saltando—. ¡Ahí es donde va el tipejo!

—¡La fortuna está de nuestro lado! —gritó entonces mi tío—. ¡Es el lugar donde vive mi amada Katy!

—Genial —contesté—, así después de recuperar el cuadro, podremos ayudar a mi tío a hablar con su novia.

—¡Hala, qué bonito! ¡Me apunto! —dijo Lisa.

—¡Las chicas sois un rollo, todo el día pensando en el amor! —soltó Miguel Ángel.

—¡Tú sí que eres un rollo, que siempre te estás enfadando por todo! —replicó Lisa. Y se lio; empezaron a discutir a grito pelado hasta que un frenazo y su correspondiente sacudida nos devolvieron a la realidad.

—¡Quite eso de ahí ahora mismo! —gritó mi tío a un campesino cuyo carro de estiércol acababa de cruzarse en nuestro camino.

—¡Eso quisiera, pero mi burro no quiere moverse! —replicó el pobre hombre.

—Ji, ji, ji —sonrió mi perro Macaroni que, hay que fastidiarse, se sentía identificado con el bicho vago.

—¡Pero la calle es muy estrecha! —grité—. ¡No podemos pasar! ¡Y encima huele fatal a estiércol! ¿Es que nadie lleva por ahí una zanahoria para convencer al burro?

—Leo —me dijo Lisa—, la gente no suele llevar zanahorias en los bolsillos.

—Ya… —contesté con pesar.

Así fue como lo perdimos. Para cuando el burro gris y repleto de moscas se animó a caminar, que fue justo cuando una burra coqueta le hizo ojitos, don Girolamo y su carro habían desaparecido. Ni la pericia de mi tío ni el olfato de mi perro fueron suficientes para encontrar el rastro en la calle más transitada de la ciudad de Pisa.

—¿Y ahora qué hacemos? Podría estar en cualquier lugar de la ciudad —dijo Lisa.

—Encima es de noche —añadí con pesar, pero de repente me vino a la nariz un delicioso perfume a jazmines que me sacudió el pesimismo de encima. Entonces vi lo chula que era la ciudad. ¡Guau! Qué bonita era Pisa. Vale que su torre estaba un poco torcida, pero la Piazza dei Miracoli era genial, con su catedral y su baptisterio. Y la luna que siempre me sonreía en mi pueblo aquel día parecía bailar con los

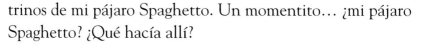

trinos de mi pájaro Spaghetto. Un momentito... ¿mi pájaro Spaghetto? ¿Qué hacía allí?

—¡Ey, pequeñajo! —le dije, alargando el dedo índice para que se posara—. ¿Desde cuándo estás aquí?

—¡Hola, Leoncio! Vengo siguiéndote desde Vinci, pero como veníais a galope tendido no oías mi pajareo. Me apunto a lo que sea que estéis haciendo. ¿Qué es?

—El ridículo —sentenció Miguel Ángel después de que le tradujera lo que acababa de decirme Spaghetto.

—Que se nos ha escapado el ladrón —le expliqué yo.

—Aaayyy —suspiró entonces mi tío, mirando un edificio bastante chulo que había al lado.

—¿Y qué le pasa a este? —preguntó mi pájaro.

—¡Ahí va, casi se me olvidaba! ¡Tío Francesco —le dije—, es el momento de buscar a tu chica!

—No hace falta buscarla... —contestó, lánguido.

—Hombre, ¿cómo no? No hay que tirar la toalla —traté de animarlo.

—Que digo que no hay que buscarla porque está justo ahí, vive en ese edificio de enfrente.

¡Zooom! De golpe, nuestros ojos enfocaron a un palacete un tanto cursi que teníamos justo al lado, entre la torre torcida y la plaza donde al día siguiente se iba a celebrar el concierto del grupo de juglares más famoso de toda Italia:

los Two Directions. El cartel de los cantantes adornaba las paredes de toda la ciudad, y todos —niños, mayores y ancianos— iban a asistir al acontecimiento del año. Y cuando digo todos, me refería también a Katy y sus padres.

—¡Mirad! —dijo Lisa, señalando con el dedo—. ¡Allí hay alguien en el balcón!

—¡Sí! —corroboró Miguel Ángel—. Es una chica que está… ¿tocando la trompeta?

—¡No, melón! —contestó Lisa, agudizando la vista—. ¡Se está cepillando el pelo!

—¡Oh, sí, es Katy, y se está peinando su larguísima y hermosa melena! —suspiró mi tío.

—¡Qué bien! —les dije—. Entonces es el momento de que aproveches para hablar con ella, tío.

—No es tan fácil —contestó él—. Fijaos bien en el balcón y veréis que tras ella, como una sombra, siempre está su ama Provoletta. Un vejestorio orondo con dientes saltones y una enorme verruga en la nariz que la cuida y la protege de los moscones que no le gustan a su padre, entre ellos, yo.

—¡Vaya por Dios! Entonces, tío, no puedes revelarle tu posición. Pero... ¡un momento! Nosotros sí podemos —se me ocurrió de repente.

—Uy, ella es muy lista, se sabe todos los trucos —nos advirtió mi tío.

—Pero no los míos —le contesté, un poco chulito—. ¡Spaghetto, te necesito! Tienes que colarte en la habitación de Katy con un mensaje que voy a escribir ahora.

—Estupendo. Esa Provoletta me cae fatal —declaró Spaghetto.

Dicho y hecho, mi pajarillo salió volando hacia el dormitorio de la chica. Esperó a que el ama no mirara y entregó el mensaje a Katy. Al instante, la muchacha desplegó el papel, lo leyó, se encogió de hombros y se lo devolvió a Spaghetto con cara de no entender nada.

—¿Por qué me ha devuelto el mensaje? ¿Es que ya no me quiere? —preguntó preocupado mi tío.

—No lo sé, vamos a verlo.

Y, al desplegar el mensaje, Lisa leyó:

—«Yotse ojaba». ¿Yotse ojaba? Leo, ¿qué has escrito?

—¡Oh, no! Quería decir «Estoy abajo», pero he utilizado mi método de escritura secreto. Lo siento tío, lo he escrito al revés.

—Tranquilo Leo, no pasa nada. Se me está ocurriendo un plan más tradicional —de puntillas y con sigilo, el tío Francesco se colocó debajo del balcón y empezó a tirar piedrecitas a la ventana. Pronto el ruido llamó la atención de Katy, pero también de su ama que, al asomarse a ver quién tiraba piedras, recibió una en todo el careto.

—¡*Aúúú!* —aulló la vieja cual lobo herido.

Uf. Mal rollito. Ahora Provoletta estaba muy enfadada. Estábamos en una situación de crisis, así que no quedó más remedio que probar uno de mis inventos: el cañón humano.

—¡Ni de churro! —me dijo Miguel Ángel.

—Pero ¿por qué? Si te voy a poner un casco protector y rodilleras. ¡Y lo tengo todo calculado! Solo necesito un tronco hueco y un poco de pólvora.

—¡Y un jamón me meto yo en esa cosa para saltar por los aires! ¡Hazlo tú si te atreves! —replicó mi mejor amigo.

—A ver, Miguel Ángel, que yo no puedo hacerlo porque tengo que estar aquí abajo controlando la trayectoria de tiro —le expliqué.

—¡Pues que lo haga Lisa!

—Pesa muy poco…

—¡Pues que salte tu tío!

—Pesa demasiado…

—¡Pues me da igual! No voy a saltar en eso. No, imposible. ¡Definitivamente no, no y noooo!

Pero, al final, cedió.

—¡Me debes unaaa! —gritó Miguel Ángel mientras saltaba por los aires desde el cañón, rumbo al dormitorio de Katy. Todo estaba previsto para que entrara por una ventana, dejara el mensaje y saliera por otra. Pero la dichosa Provoletta le interceptó y, al grito de «¡Un murciélago muy gordo!», le arreó con un palo como si fuera una pelota de béisbol, lanzándole de nuevo contra nosotros y dejándonos aplastados y con un palmo de narices.

9

¡ESTAMOS ATRAPADOS!

Amanecía en la Toscana. Un intenso sol anaranjado se atisbaba en el horizonte.

—¡*Prrr!* Toma pedorreta, don Girolamo —dije al aire—, que hoy tampoco se acaba el mundo.

Mis intrépidos amigos y el menda estábamos magullados, rendidos y somnolientos. Así volvíamos de Pisa, tras un viaje de tres horas por los campos de la Toscana. En otras circunstancias habríamos disfrutado del paisaje, del rojo de sus amapolas, del trino de los pajarillos, del intenso olor de la hierbabuena, el tomillo o el romero. ¡Y un jamón! Aquel día no estábamos para fiestas: habíamos fracasado por partida doble y solo pensábamos en llegar a casa y dormir.

—*Mamma mia!* —exclamó mi abuela al vernos—. ¡Qué aspecto tan lamentable! ¿Os habéis pegado con algún oso en la acampada?

—¿En la acam...qué? —y a punto estuve de meter la pata—. ¡Aaaahhh, sí, en la acampada! —dije, guiñándoles el ojo a mis amigos—. Pues no fue un oso fue... fue...

—Una osa muy mala —dijo Miguel Ángel, furioso y dolorido—. ¡Gorda y horrorosa! ¡Como la vuelva a ver...!

—Francesco —dijo entonces la abuela, solemne—, tienes que cuidar de los chicos. No me perdonaría que les pasase algo.

—Tranquila, abuela —dijo Lisa—, el tío Francesco nos cuida bien. Pero el bosque tiene estas cosas.

—Ya... —dijo mi abuela, no muy convencida—. Lavaos un poco la cara y las manos que os voy a preparar algo ligerito para desayunar:

diez pizzas, cuatro *lasagne*, tres fuentes de *spaghetti*.. —y se marchó, hablando sola sobre los platos que iba a cocinar, que eran como para alimentar a un ejército.

—Chicos —les dije mientras tomábamos asiento en el banco corrido de la cocina de la abuela—, no hay que rendirse.

—¿Y dormirse? —preguntó Miguel Ángel, dejándose caer sobre el hombro de Lisa—. Porque yo estoy frito de sueño…

—El carro con rastros de ceniza de don Girolamo es la clave, luego… —proseguí.

—No me gusta nada ese «luego» —dijo Miguel Ángel.

—Luego tenemos que volver a él —terminé la frase.

—¡Mecachis, lo sabía, sabía que ibas a decir eso, Leo! —dijo mi amigo muy enfadado, dando un manotazo en la mesa que hizo saltar los platos.

—Chicos, no es buena idea. No quiero que vayáis a casa de ese tipo —y, dicho aquello, mi tío Francesco se quedó dormido.

—¡Tío! —le dije, pinchándole con el dedo—. ¿Tío?

—No insistas —me dijo Lisa—; se ha quedado sopa.

Y, *ris, ras, rus*, mis neuronas se pusieron en movimiento. No podía quedarme sin vacaciones con mi padre, y para eso era imprescindible… ¡recuperar mi cuadro! Yo sabía que mi

tío no quería que fuéramos, pero total, si teníamos cuidado, ¿qué podía pasarnos?

Así que allí que nos encaminamos.

—¡*Shhh!* ¡Silencio! —pedí a mis amigos mientras nos acercábamos sigilosos y de puntillas a la casa de don Girolamo.

—*Silencio, silencio* —repitió Miguel Ángel, haciéndome burla—. ¡Yo lo que quiero es dormir a pata suelta, que contigo no hay manera, Leo!

—Fijaos —dijo Lisa, mirando a través de un agujerillo del muro de piedra que rodeaba la casa de don Girolamo—. Ya ha vuelto de Pisa y, esta vez, ha metido el carro dentro. ¡Toma! Y no hace más que guardar cajas en él…

Mmm, pensé, *algo trama.*

—Definitivamente, hay que entrar —declaré.

—¡Guay! —exclamó Miguel Ángel, irónico—. ¿Y se puede saber cómo vamos a hacerlo, por la puerta del gato?

Bajé los ojos al suelo donde, efectivamente, ¡había una gatera!

—¡Bravo, Miguel Ángel, has tenido muy buena idea! —y allá que nos metimos gracias a que éramos pequeños, con el consiguiente disgusto de Miguel Ángel, cuya ironía había hecho que le saliera el tiro por la culata.

Don Girolamo iba y venía cargado de cajas cerradas que iba dejando en su vehículo. Pero el calor le hacía sudar a lo bestia, y más con esa túnica de estropajo que llevaba, así que fue a echarse agua de un botijo que, para nuestra suerte, estaba vacío. Entonces se enfadó con el botijo, le dijo no sé qué de que a él también le llegaría el Apocalipsis y se largó al pozo a llenarlo de agua.

¡Era nuestra oportunidad! Fuimos rápidamente hasta el carro, levantamos la enorme tela gris que lo cubría, nos metimos dentro para que no nos viera, encendimos un fosforito para iluminar la oscuridad y… ¡ALUCINANTE! ¡Había cajas y cajas llenas de cuadros!

—¡Lo tenemos! —dijimos a la vez—. ¡Don Girolamo es el ladrón!

—No me lo puedo creer —dijo Miguel Ángel con los ojos como melocotones—. Pero ¿por qué tiene este tío todo esto aquí?

—No tengo ni idea —le contesté, encogiéndome de hombros—. Para… ¿venderlos?

Había un montón de obras de pintores famosos que yo ya conocía, *La dama del pestiño*, *El matrimonio Atontini*, *El yayo con su nieto* y muchos más.

—¡Esto es la repanocha! —gritó Lisa—. ¿Y mi retrato? ¿Está aquí?

Yo miré y remiré y volví a remirar en esas cajas, en las que había cuadros como para montar un museo, pero…

—Lisa, amiga, va a ser que no está tu cuadro —tuve que reconocer. Y claro, íbamos a ponernos tristes, pero no tuvimos tiempo. De repente, escuchamos el chasquido de un látigo, acompañado de una voz ronca inconfundible.

—*Ia,* caballo. ¡Corre o arderás en el infierno!

Nos empezamos a mover y, entonces, comprendimos lo que pasaba: ¡estábamos saliendo en el carro de don Girolamo!

—¿Qué hacemos? —preguntó angustiada Lisa.

—¿Nos tiramos en marcha? —propuso Miguel Ángel.

—¡No, que nos rompemos la crisma; va a demasiada velocidad! —le contesté. Entonces me dio por levantar la lona que cubría el carro y le vi, y él me vio, y yo me puse muy contento, pero… ¡él puso una cara de enfado…! Allí estaba mi tío Francesco quien, tras haber sido despertado por el chivato de Spaghetto, había venido a buscarnos.

Entonces, en dos segundos y solo con la mirada, nos entendimos: sí, le habíamos desobedecido; sí, la habíamos fastidiado y sí, ¡necesitábamos su ayuda desesperadamente! Así que el tío Francesco subió corriendo a su carro para seguirnos.

Esta vez el carro de don Girolamo no tenía escapatoria.

10

LA PISTA CLAVE

Unas enormes puertas de madera resquebrajada se abrieron para dejar paso al carro de don Girolamo. A eso le llamo yo meterse en la boca del lobo; claro que hubiera sido mejor un lobo que aquel yayo loco del que nos podíamos esperar cualquier cosa.

Yo sabía que mi tío no nos iba a fallar y que nos seguía de cerca, pero al entrar de nuevo en la ciudad de Pisa... ¡le perdí de vista!

—¿Seguro que tu tío sabe dónde estamos? —preguntó muy asustada Lisa.

—Segurisísimo —le dije, fingiendo lo mejor que pude.

Entonces, Miguel Ángel levantó unos centímetros la lona que nos cubría para ver lo que había afuera y dijo:

—¡Guau! Esto es como la casa del terror. ¡Cómo mola!

Porque no sé si os he comentado que a mi amigo Miguel Ángel le chiflan las historias de miedo. Ya se le había pasado el disgusto por el golpe del ama Provoletta. Ahora el disgusto lo tenía yo, porque acabábamos de entrar en «Villa Monstruo». Era una casona medio abandonada, con las contraventanas colgando y las cortinas raídas y por fuera de las ventanas. Tenía un enorme y extraño jardín de árboles y flores secas que olían fatal, salpicado de estatuas que algún día fueron bonitas, pero que entonces tenían la cabeza cortada, como para que no pudieran ver lo que pasaba allí dentro.

Crach, crach, crach, sonaba el impacto de las ruedas del carro avanzando lentamente sobre las hojas.

—¿Aquí vive algún zombi? —preguntó de nuevo Miguel Ángel para aumentar nuestro mal rollito.

—¡No, hombre, no! —contesté, aunque en realidad pensaba que seguro que sí.

El carro pasó entonces por una superficie dura. Hale, chichón al canto con el pico de un cuadro. ¡Y allí no estaba mi abuela para darme su ungüento! Asomé la cabecilla como pude para ver de qué se trataba y entonces aluciné:

—¡Tumbas!

—¿Quééé? —preguntaron Lisa y Miguel Ángel.

¡Lo que le faltaba a aquella casa! ¡Estábamos pasando por encima de tumbas!

—Leo —me dijo Lisa, cogiéndome de la solapa—, ¿recuerdas que te he dicho que quería recuperar mi retrato?

—Sí —le contesté—. ¿Por?

—¡Pues olvídalo y sácanos de aquííí!

Y se hizo el silencio. El carro se detuvo. Don Girolamo bajó de él. Podíamos oír cómo arrastraba las chanclas putrefactas por el suelo. Había dos opciones: que se largara a la casa, oportunidad que nosotros aprovecharíamos para escapar, o que levantara la lona del carro… ¡y nos pillara!

Porque no nos engañemos: la casa de un zombi llena de tumbas no es el mejor lugar para que un viejo loco persiga a unos niños, ¡por mucho que Miguel Ángel diga que eso mola muchísimo!

Ris, ris, ris, los pasos se acercaban cada vez más. *¡Glups!* Yo intentaba tragar saliva, pero tenía el cuello tieso y el corazón me latía a mil por hora.

No podíamos ver nada, pero, de repente, todo se iluminó. Y el motivo no era nada guay: ¡don Girolamo había quitado la lona! Pero, justo en ese instante, nuestro ángel

de la guarda nos debió de echar un cable porque un hombre con voz de rata le llamó:

—¡Ah, Girolamo! ¡Cuánto me alegro de que estés aquí!

Y, *¡plaf!*, el viejales soltó de nuevo la lona sobre nuestras cabezas para ir a saludarlo. Porque oye, don Girolamo, sería un loco, pero era un señor muy educado.

—Yo también me alegro de verte, Culigordini —le dijo.

¿Culigordini? En otros casos nos habríamos partido de risa del nombre, pero Culigordini nos había salvado el tipo, así que tenía todos nuestros respetos.

—Esta va a ser la gran noche —le dijo don Girolamo.

—Así es —contestó—. Cumpliremos nuestra misión.

—¿Qué misión? —nos preguntamos desde nuestro escondite.

—Justicia. Es una cuestión de justicia —sentenciaron los dos hombres a la vez.

—¿Un poco de pan y queso para reponerte del cansancio del camino? —sugirió Culigordini, cuyo trasero hacía realmente honor a su nombre.

—Mmm… —dudó don Girolamo.

Dile que sííí, le dijimos los tres mentalmente.

—¡De acuerdo! Me vendrá bien —respondió, y se fueron tan panchos. Nosotros nos quedamos en *shock*, con los dientes chasqueando como castañuelas. Uf, qué chungo. Era el momento de largarse… ¡pero ya! Así que levantamos la dichosa lona y pudimos ver dónde nos encontrábamos. Era un establo muy extraño, porque en vez de animales, ¡estaba lleno de cuadros! Había cuadros grandes, medianos, pequeños, el retrato de Lisa…

¡Un momento! ¡EL RETRATO DE LISA! ¡Por fin lo habíamos encontrado!

—¡Bien! —gritamos.

Solo había un pequeño problema: que estaba en lo más alto de una altísima estantería, casi tocando el techo. Era necesario buscar una escalera y…

—¡*Pssst, pssst!* ¡Chicooos! —sonó una voz.

¡Era mi tío Francesco, que había venido a salvarnos!

—¡Tíooo! —corrimos todos a abrazarlo.

—Renacuajos, menudo susto me habéis dado —añadió, abrazándonos también él—. ¡He encontrado una puerta de salida en la parte de atrás! Vamos, venid conmigo, rápido.

—¡No podemos! ¡Mira —dije, señalando el retrato de Lisa—: ahí arriba está mi cuadro y tengo que rescatarlo!

Pero de repente escuchamos un ruido de pasos que se acercaban de nuevo. ¡Eran Culigordini y don Girolamo!

—¡Mecachis, qué poco tiempo tarda esta gente en zamparse el pan con queso! —dije—. ¡Pero no puedo irme sin mi cuadro!

—No hay tiempo —dijo mi tío muy serio—. Hay que salir corriendo. ¡Vamos!

Entonces me volví hacia Lisa muy solemne y le dije:

—Amiga, vale que ahora nos las piremos, ¡pero a Spaghetto pongo por testigo de que recuperaré tu cuadro!

ROLEO Y LISETA

Dong, dong, dong, el reloj de una iglesia cercana marcó las doce del mediodía. Faltaban otras doce horas para el gran concierto de los Two Directions. Katy y su familia asistirían como público y después desaparecerían durante tres meses.

¡Pero mi tío tenía que despedirse de ella, tenía que confesarle su amor, tenía que hacer esa cursilada de darle un besito!

—Hola, chicos, ¿qué hacéis aquí?

No podíamos creerlo. ¡Rafa estaba en Pisa!

—Eso mismo digo yo —le dije, chocándole la mano—. ¿A qué has venido, amigo?

—Mi grupo es telonero de los Two Directions.

—Qué nivel, Maribel —le dijo Lisa, entusiasmada.

—Pues nosotros estamos aquí para recuperar mi cuadro —añadí—, y para ayudar a mi tío a declararle su amor a una chica.

—Miradla —dijo entonces mi tío, embobado—; sigue tan bella en el balcón, cepillándose el pelo.

¿Está desde anoche cepillándose el pelo? Mmm…, pensé, no sé si a mi tío le conviene esta chica.

Entonces, Lisa dio un paso al frente e hizo lo que mi abuela dice que tienen que hacer las mujeres para que se resuelvan los problemas: tomar las riendas de la situación.

—Chicos —dijo—, tenemos poco tiempo, así que voy a ir al grano. Necesitáis que alguien le diga a Katy que el tío Francesco quiere hablar con ella. Lo voy a hacer yo.

—¿Cómo? —preguntamos los chicos, alucinados.

—Sí, pero no lo voy a hacer sola; me va a ayudar Rafa. ¿No eres cantante?

—Sísísísísí —dijo Rafa con cierto miedo, ¡porque cualquiera le decía que no a Lisa!

—Pues vas a convertirte en trovador y vas a cantar una romántica sonata bajo su balcón —le explicó Lisa.—¡Mola! —le dije, y os reconozco que me fastidió un poco que no se me hubiera ocurrido a mí antes—. ¡Rafa le va a cantar a Katy!

—Error —añadió Lisa, muy segura—. No se lo va a cantar a Katy, sino a su ama Provoletta, para despistarla.

¡Toma idea! Sin duda eso era mucho mejor.

—¿Y cómo vas a subir hasta allí? Porque mi sistema no te lo aconsejo... —dijo Miguel Ángel, doliéndose el trasero.

—Voy a subir por la escalera, ¿por dónde si no? —y, más chula que un ocho, mi amiga Lisa se acercó a la casa, llamó al timbre, le abrieron y... ¡entró!

Ains. Si cuando mi abuela dice que las chicas son más listas...

Dling, dling, dling, sonaron los primeros acordes de la mandolina de Rafa.

—*Caro amore ingratooo* —empezó a cantar—, *no pongas cara de patooo.* Al instante salió el ama Provoletta, enfadadísima, gritando:

—¡Voy a daros para el pelo, voy a daros vuestro mereci-do, voy a…! —callarse. Eso es lo que hizo al oír la segunda estrofa de Rafa.

—*Tu sei la mia alegriaaa, Provoletta della vita miaaa.*

—Oooh, qué mono —dijo el ama, apoyándose en el bal-cón para escucharle y pasando olímpicamente de la visita de Lisa.

—Vaya —dijo mi tío, entusiasmado—, este plan parece que va viento en popa.

—Pssst —dijo de repente Miguel Ángel—, venid aquí; estoy en el árbol —y sí, como un chimpancé agarrado a una rama estaba—. Vamos a ver qué es lo que le dice Lisa.

—¡No! —contesté—. ¡Que lo vamos a estropear!

—Vamos, hombre, subid y cotilleamos —insistió.

Era muy mala idea. El sentido común nos decía que la íba-mos a fastidiar. Peeero… la tentación era grande. Así que hala, allá que fuimos, trepando por las ramas del árbol. Y, gracias a eso, tuvimos la oportunidad de descubrir lo que mi abuelo llama «una conversación entre chicas».

—… los chicos están atontados —dijo Lisa.

Vaya, pues empezamos bien, pensé.

—… porque Francesco es un poco pasmado y no tiene imaginación —añadió—. Y está muy delgaducho y solo piensa en los coches de carreras y en identificar cagarrutas del bosque.

—Oye —dijo mi tío, preocupado—, ¿seguro que ha sido buena idea traer aquí a Lisa? ¡Que me está poniendo a caer de un burro!

—¡Ssshhh! Ella sabe lo que se hace —contesté, aunque confieso que yo también empezaba a tener dudas.

—Sí, tienes razón, pero a mí me encanta Francesco —dijo Katy por fin—. Lo estoy pasando fatal con esa manía que le ha entrado a mi padre de no dejarme verle. ¿Y cuándo dices que podré hablar con él?

—Esta noche, en el concierto. Todavía no sé cómo, pero seguro que a Leo se le ocurre un plan genial para conseguirlo —le dijo Lisa.

—Leo… ¿quién es Leo? ¿Tu novio? —preguntó Katy, curiosa.

Glups, tragué saliva mientras mi tío y Miguel Ángel me miraban sorprendidos.

—Oh, no, no es mi novio… —respondió Lisa.

Uf, respiré aliviado.

—… pero me gusta un poco —añadió al instante.¡Toma! ¡De nuevo mi tío, mi amigo y yo abrimos los ojos como tomates!

—Bueno, y él… ¡hasta me ha pintado un retrato! Porque, aunque no lo sabe, creo que le molo también un poquito.

—¡Y un jamón! —grité, sin poder controlarme. Y, entonces, tooodo el plan se fue a la porra. El grito pelado hizo que Provoletta descubriera nuestra posición y al grito de «¡Ahhh! ¡Intrusos!», nos tirara un cubo gigantesco de agua helada, haciéndonos caer del árbol.

¡Splash!

¡Guau! ¡Qué frío! ¡Y qué torta!

—¡Y la próxima vez llamaré a los *carabinieri!* —remató Provoletta.

—Bueno, ¿y yo qué? —preguntó Rafa—. ¿Sigo cantando o qué pasa?

—Ayyy, los chicos —escuchamos decir a Katy y Lisa, suspirando—. Son un poco tontos, pero ¿qué haríamos sin ellos?

12

ESTO HUELE A CHAMUSQUINA

—*Come prima, più di prima, ti amerò* —cantaba mi tío Francesco, feliz como una perdiz por las calles de Pisa, después de haber escuchado a Katy decir que le gustaba—. *Per tutta la vita, la mia vita ti darò*.

Miguel Ángel y yo no cantábamos nada. Más bien dábamos el cante, empapados por la ducha de Provoletta y la cojera provocada por la caída. Dábamos entre pena y asco. Jopé.

—Lo tenéis bien merecido, por cotillas —dijo Lisa con su característica media sonrisa—. Y, tú Leo, ¿has escuchado algo interesante?

—Nonononono —dije de carrerilla—. Nadanadanada.

—Ya… —dijo Lisa, y aquel «ya» sonó a «No te lo crees ni tú».

—Chicos, hay que centrarse —cambié de tema—. Tenemos poco tiempo y mucho que resolver. ¿Qué pasa con el cuadro?

—No podemos dejarlo en casa de Culigordini —dijo Lisa.

—¡Un momentito! —exclamó mi tío muy solemne, encaramado a un banco—. No pienso dejar que volváis a la casa de esos locos viejunos.

—¡Y haces muy bien, tío! —contesté.

—*Pssst* —me dijo Miguel Ángel por lo bajinis—, ¿estás tonto o qué? ¿Cómo vamos entonces a recuperarlo?

—Digo que haces bien en no dejarnos ir a nosotros —y guiñé un ojo a mi amigo— porque… ¡deberías ir tú!

—¿Cómo? ¿Yo, otra vez, a ese lugar? No, no, no… y mira que soy arriesgado a la par que aventurero. ¡Que yo hago *puenting, rafting* y *hamburguesing!* Pero yo no vuelvo a esa casa llena de zombis ni loco.

—¡Por favooor! —le pedimos con nuestra mirada de pollo triste de contrastada efectividad.

—Pero es que… —empezó a ablandarse.

Uy, estaba casi, casi convencido.

—Tío, si no consigo recuperar el cuadro, don Pepperoni no me aprobará y no podré pasar las vacaciones con mi padre.

—Mmm… —y empezó a mascullar palabras en un idioma más difícil incluso que el mío, hasta que se convenció—. ¡Bueeeno, vaaale!

Y para la casa del zombi que fuimos.

Ñiiic, sonó la puerta trasera del establo de Culigordini mientras la abríamos para que entrase mi tío.

—Atrancadla con algo muy duro —nos pidió.

—¡A sus órdenes! —dijo Miguel Ángel.

—¡Con eso no, M.A.! —le gritamos Lisa y yo.

—Es que no tengo nada más duro que mi cabeza…

Y tenía razón. Pero hombre, no era plan, así que sustituimos su cabeza por un tronco, que era menos divertido pero más seguro.

A través del espacio que quedaba abierto en la puerta, podíamos ver y escuchar a mi tío:

—Vale, ya estoy dentro pero… ¡aquí no hay ni rastro de los cuadros! —exclamó.

—¿Cómo? —preguntamos—. ¡Pero si estaban ahí ayer!

—Pues se los han llevado. Esperad, que voy a abrir la otra puerta —y, sigiloso, abrió la puerta principal de aquel establo—. Esto da a un jardín. Pero ¡un momento! Veo una gran cantidad de cajas y mucha madera y algo así como una barbacoa gigantesca.

—¿Una barbacoa? —pregunté, flipado—. ¿Qué quieren, comérselos?

—¡No, no es una barbacoa! ¡Es… una pira! —dijo mi tío.

—¿Pira de «pirarse»? —preguntó Miguel Ángel.

—¡No, pira de «incendiarse»! —respondimos Lisa y yo.

Y eso solo podía significar una cosa:

¡IBAN A QUEMAR LOS CUADROS!

—Claro —deduje—, por eso los rastros de ceniza en los zapatos y en el caballete de mi cuadro. ¡Pues tenemos que impedirlo! Tío, ¿ves mi retrato?

—No, desde aquí es imposible ver nada. Lo que sí veo es… ¡una puerta que se abre y a Culigordini y don Girolamo acercándose!

—¡Ssshhh! ¡Silencio! —dijimos todos.

Y crucé los dedos para que no se les ocurriera ir al establo y descubrieran allí a mi tío.

—Amigo Girolamo —dijo Culigordini—, el momento de la verdad se acerca.

—Así es —replicó don Girolamo—. Será esta noche, a las doce, cuando todos estén pendientes del dichoso concierto. Así, por mucho humo que hagamos, nadie vendrá a molestarnos. Juas, juas, juas.

Jopé, qué tíos, lo tenían todo previsto. Todo menos a mí, Leonardo da Vinci, que en ese momento me había convertido en el peor de sus enemigos.

Mi tío consiguió salir de allí arrastrándose gracias a la técnica de la comadreja, aprendida en sus excursiones por el bosque. Y, una vez que estuvimos los cuatro juntos, dije:

—Camaradas, tenemos dos problemas que resolver antes de la medianoche: hablar con Katy y recuperar el cuadro.

—¿Y cómo vamos a hacer las dos cosas a la vez? —preguntó mi tío Francesco.

—Mmm —dije sonriente—, se me está ocurriendo algo.

13

VOLARE, OH, OH...

La primera vez que pensé en volar tenía tres años. Mi canguro estaba hasta la cofia de que me escapara, así que cada vez que me pillaba fugándome me metía en una especie de corral con barrotes que a mí me parecía una jaula. Una jaula como la de mi canario, Fito. Claro que Fito se pegaba mejor vida que yo: comía cuando quería, si no quería no se bañaba, se iba a dormir cuando le daba la gana... Cómo mola ser pájaro; *es mejor que ser persona*, pensaba yo.

Un día, mi canguro le limpió la jaula y, después, por descuido, no cerró el pestillo de la puertecita. Fito, que era muy espabilado, asomó el pescuezo y, tras asegurarse de que na-

die lo veía, pegó un salto, abrió las alas y entonces vi algo que a mí me pareció lo más maravilloso del mundo: el pájaro se elevó como flotando y empezó a planear por el aire, como si no pesara, como si no existiera el suelo. Hizo mil piruetas y empezó a subir y subir como una flecha hasta un árbol donde se posó para saborear su hazaña. Con el tiempo averigüé que a eso se le llamaba «volar» y pensé que, costara lo que costara, algún día yo haría lo mismo.

Qué majo Fito; lástima que se lo comiera un gato. Pero, quitando ese pequeño detalle sin importancia, Fito pasó a ser mi héroe y, ahora, en su honor, iba a prepararme unas alas para que no nos comiera otro gato mucho más grande: don Girolamo.

—Aquí está lo que necesito —dije, abriendo el maletero del carro de mi tío para sacar el material con el que construir las alas que me había traído de regalo—. *Presto*, ¡un pergamino!

Rápidamente, Lisa arrancó una hoja del cuaderno que siempre llevaba consigo.

—¡Lápiz! —pedí a Miguel Ángel.

—Al instante —contestó, sacándose el lápiz de detrás de la oreja.

—Necesitarás un soporte —dijo sonriendo mi tío, que ya sabía de qué iba aquello—. ¿Te vale mi espalda?

—¡Por supuesto! —y allí mismo me puse a diseñar mi último gran invento: el *vinciplano*.

—¿El *vinciqué?* —preguntaron todos con caras raras.

—El *vinciplano*. Es sencillo —dije mientras se lo dibujaba en
el pergamino—. Me he fijado en cómo tienen las alas los murciélagos, y creo que podré reproducirlas con estos materiales.

—Ya... —dijo Miguel Ángel, un poco escéptico—. Y...
¿cómo te las vas a apañar para volar?

—Moviéndolas y, por supuesto, aprovechando las corrientes de aire.

—¿Y la ascensión? ¿Qué va a hacer que te eleves? —preguntó mi tío.

—Me subiré al punto más alto de la ciudad; la torre de Pisa,
por ejemplo, ¡que además está muy cerca de la casa de Culi-

gordini y de la plaza donde se celebrará el concierto! Desde allí, y planeando cual águilas reales, les aguaremos la fiesta a esos abueletes pirómanos y tú podrás declararle tu amor a Katy.

—¡Pinta guay! Pero tengo una duda —dijo Lisa, torciendo el morrillo—: ¿Has pensado en el aterrizaje?

Glups, tragué saliva. Vaya pillada. Pues no le había dado muchas vueltas, la verdad. Así que recogí los planos de la chepa de mi tío, disimulé y dije:

—Sísísísí, claro, cómo no. Lo haremos gracias al… al… *churrinsqui de la freninsqui*.

—¿Churriqué? —preguntó Lisa, que es más lista que el hambre y no hay quien se la cuele.

—Pues un dispositivo especial que funciona con energía s… s… s… *spaghettica*.

Clas, clas, casi podía oír las pestañas de Lisa aleteando, incrédulas.

—¡Guau! —exclamó en cambio Miguel Ángel—. Por eso dicen que los *spaghetti* dan tanta energía. ¡Pues a mí me ha convencido!

—Yo confío cien por cien en mi sobrino —añadió mi tío Francesco—, porque es un chico responsable —dijo con intención—, ¿verdad?

—¡Por supuesto! —contesté—. Y, ahora, ¡a construir las alas!!

14

ATAQUE MEGATOTAL

Había llegado el momento. Las campanas tocaron la medianoche. Las estrellas y la luna brillaban como si mi abuela las
acabara de restregar con estropajo: refulgían.

Y allí estábamos nosotros, en lo más alto de la torre de Pisa,
enfundados en trajes negros con una no menos negra máscara,
que tampoco era necesaria pero sí muy molona. Parecíamos
murciélagos. Y llevábamos capa, como una que les había visto yo
a los superhéroes de un tebeo, una capa que ondeaba al viento.

Jo. Qué guay. Entonces pensé que alguien debería inventar
un aparato para retratar nuestra imagen instantáneamente,
pero Miguel Ángel insistió con su teoría:

—Dónde esté una buena estatua de mármol…

Desde allí arriba veíamos cómo la gente se agolpaba esperando la llegada de los cantantes del concierto. También observamos cómo unas pequeñas chispas rojas saltaban en el jardín de Culigordini. Un tufillo a humo acarició nuestras narices, señal inequívoca de que los cuadros no tardarían en arder. En mi cabezota de calabaza resonó una voz que decía: «¡Leo, espabila, que no tienes tiempo!».

—¡A los *vinciplanos!* —grité.

—¡A la orden! —contestaron mis amigos y mi tío.

Nos subimos por parejas. Francesco y yo íbamos en uno; Lisa y Miguel Ángel en el otro. Habíamos ensayado la postura de avance y la de los giros. Las corrientes de aire soplaban a nuestro favor y no valía tirarse pedos.

Estábamos un poco nerviosillos, no lo voy a negar. Los casi cincuenta y ocho metros de altura de la torre daban respeto. Y, ante el más mínimo fallo, la torta estaba asegurada. Claro que para eso había tenido la precaución de enganchar en la espalda de cada uno una bolsa verde.

—¿Qué narices es esto? —peguntó Miguel Ángel mientras se la ponía.

—Tú calla y no te lo quites —le dije—. Ante un apuro, te salvará el pellejo.

Después coloqué, prendidos en las alas, otros dos sacos: uno rojo y otro azul.

—¿Esto también es para salvarnos el pellejo? —preguntó mi amigo.

—Esto es para cumplir nuestra doble misión —le expliqué.

—¡Entonces lo protegeré con mi vida, señor! —contestó Miguel Ángel, que le gusta mucho echarle rollo al asunto.

—¡Con ustedes: los Two Directions! —gritó un presentador repeinado y cursi desde debajo de la torre. El grupete salió por un lado del escenario. ¡Mi madre, la que se armó! Con las primeras notas de la canción de apertura, los fans saltaron de sus asientos como si les acabaran de patear el trasero y se pusieron a bailar y cantar las canciones con ellos. ¡Era una maraña humana bailando al ritmo de la música!

—¡Qué guay y… qué horror! —exclamó mi tío, preocupado—. ¿Cómo le voy a declarar mi amor aquí a Katy?

—Bueno, ahora lo veremos —le dije, guiñando un ojo—. ¡Posición de salida! Cuando yo os diga, os agarráis al *vinciplano* y saltáis. ¿De acuerdo?

—¡Por supuesto! —gritaron todos.

Entonces contuve la respiración, esperando la señal. Y ocurrió: se me empezó a mover el flequillo. Tal y como había calculado; primero fue una pequeña brisa, que al ins-

tante se transformó en un viento del norte que nos rodeaba, empujándonos al vacío. ¡Ahí estaba nuestra corriente de aire!

—¡Ahora! —grité.

Y saltamos. ¡Guauuu! ¡Qué impresión! ¡No había suelo bajo nuestros pies!

—¡Esto es flipante! —dijo mi tío, sorprendido.

—¡Me voy a desmayar, estoy volando! —gritó Lisa.

—No exactamente —aclaré—; estás planeando, pero algún día inventaré un aparato que nos haga volar.

—¡Leo, no te quejes que este aparato es alucinanteee! —gritó Miguel Ángel, pataleando con las piernas en el aire para saborear la sensación.

—Chicos, me alegro de que esto os guste, pero esta corriente de aire solo durará unos minutos. Fijaos en la casa de los zombis. ¡Las chispas que veíamos en el jardín se han convertido en llamitas!

—¡Eso sí que no! —gritó Lisa—. ¡El culogordo y el carapato no van a dejarme sin mi cuadro!

—¡Ni a mí sin vacaciones con mi padre! —exclamé—. ¡Chicos; giro a la derecha, que vamos a por ellos!

Planeamos rápidamente, nos colocamos justo sobre la fogata y llegó el momento de actuar.

—Amigos, ¿veis las bolsas rojas que he colgado en las alas del aparato? Pues vamos a volcarlas sobre el fuego.

—¿Para qué? —quiso saber Miguel Ángel.

—Tú vuélcalas, cenutrio —le dije.

Y, a la de tres, abrimos las bolsas rojas a la vez, dejando caer lo que había dentro.

—¿Arena? ¿Arena *vulgaris y corrientis?* —dijo Lisa—. ¡Claro, qué buena idea!

—¿Y por qué no agua? —preguntó Miguel Ángel, que a veces se pasa de listillo.

—¡Porque con el agua se borraría la pintura de los cuadros! ¡Sí o no? —dijo mi tío.

—Respuesta acertada —contesté. Como una fina cortina de lluvia, los diminutos granos de arena cayeron sobre el fuego poco a poco, apagándolo. ¡No os imagináis la cara que pusieron don Girolamo y Culigordini cuando vieron que les «arenábamos» la fiesta!

—¡Venganza! ¡Caerán sobre vosotros todos los males del universo! —dijeron mirando al cielo, o sea, a nosotros, moviendo el bastón con cara de pocos amigos.

—¡Tururú, carahuevo! —añadió Miguel Ángel, pelín chulito.

—No tentemos a la suerte —les dije—, luego remataremos el ataque. Porque, ahora, ha llegado el «momento Katy».

—Leo, sobrinillo, no es por fastidiar, pero ¿cómo la voy a encontrar entre tanta gente? —quiso saber mi tío.

—¡*Mec-mec*, error! Tú no la tienes que encontrar, es ella la que te va a encontrar a ti —y grité—: ¡Soltad la bolsa azul!

Al instante, una enorme tela que yo había tenido la precaución de atar a una pieza del ala, se extendió en el cielo a lo largo, como si fuera la cola de una estrella fugaz. En ella se podía leer un mensaje. ¡Ojo, que aquella vez lo había escrito bien! O eso creo. Y tooodo el gentío pudo leer: «Katy, te quiero. Tu Francesco».

Y tooodo el gentío, incluidos los Two Directions, exclamaron a la vez:

—¡Ooooh, qué bonitooo!

Tal como yo esperaba, Katy Médici se puso a brincar como un saltamontes; se subió encima de la silla y gritó:

—¡Yo también te quiero, Francesco, yo también!

Aquello al padre de Katy no le gustó ni un pimiento, pero se lo tuvo que tragar, aquello y el pimiento, cuando todo el mundo empezó a corear a la vez:

—¡Que se besen, que se besen!

Entonces le dije a mi tío:

—Tío, lánzate y tira de la cuerda de tu saco verde.

—¡Pero chico —contestó, con los pelos de punta—, me voy a hacer tortilla francesa!

—¡Que no! ¡Confía en mí y salta!

Y saltó. Porque confiaba en mí. Bueeeno, vale, y porque habría hecho cualquier cosa por ella. ¡Incluso nadar desnudo en una piscina llena de pirañas! Después mi tío tiró de la cuerda de la bolsa verde que le había colocado sobre los hombros y la bolsa se transformó en un enorme globo que, mágicamente, lo detuvo en el aire ralentizando su caída. Menos mal, porque fue justo a parar encima de Katy. A ese invento decidí llamarlo paratortas, bueno, o paracaídas.

Todo el mundo aplaudió mientras Katy llevaba en brazos a mi tío. Yo siempre pensé que sería al revés pero, para gustos, los colores.

Después de la escenita, de repente, lo noté. El *vinciplano* se paró en seco. No podía sorprenderme porque estaba en los cálculos; la corriente de aire que nos había hecho planear para cumplir nuestras misiones se fue a hacer gárgaras y no tuvo la delicadeza de darse cuenta de que nosotros seguíamos ahí arriba, en el aire.

—Leo, ¿esto es que nos vamos a caer? —preguntó Miguel Ángel.

—Nooo, bueno, un poco sí… —admití.

Y, *¡fuuum!*, ¡al instante nos estábamos precipitando hacia el suelo!

—¿Leo, qué hacemos? —gritó Lisa—. ¡No quiero perder los piños!

—¡Lo que no hay que perder es la calma! —les dije—. ¡Solo tenemos que saltar con la bolsa verde que os di sobre los hombros y tirar de la cuerda, como ha hecho mi tío!

—¡Pero él ha caído sobre su chica, que está blandita! —dijo Miguel Ángel—. ¿Dónde caeremos nosotros que esté mullido?

Y un poco malote sí que fui, porque dije:

—Chicos, seguidme, que se me ha ocurrido un sitio.

15

¡SOBRESALIENTE!

—¡Perillanes, rufianes, malandrines! —gritó don Girolamo cuando Miguel y yo le caímos encima.

No nos engañemos; muy mullido no estaba, pero mejor que el suelo pelado, era. Lisa, en cambio, cayó sobre la panza de Culigordini en la que rebotó, para caer tras una perfecta voltereta, sobre el suelo.

Esta chica salta como la gimnasta Almudenina Cidini, pensé. Aprovechando que los viejales estaban groguis por el trompazo, los inmovilizamos y, por fin, recuperé mi cuadro.

Estaba debajo de otros muchos lienzos de todas clases, con escenas de caza, de pesca, de amor, de mujeres bailando…

Lo saqué, le sacudí con cuidado la arena que le habíamos echado para apagar el fuego y se lo mostré a Lisa.

—Tu retrato —le dije.

Ella respiró hondo, lo cogió con sus manos menudas y, abriendo mucho los ojos, exclamó:

—¡Hala! ¡Qué bonito! ¿Así soy yo?

—Bueno, yo creo que eres aún mejor —le contesté.

—¡Pero si le has puesto una frente que parece un chopito! —dijo Miguel Ángel, metiéndose en la conversación como un elefante en una cacharrería.

—¡Chopito lo serás tú! —le solté.

Y se lio. Otra vez. A grito pelado allí, en la casa de los zombis, con los viejales atados como morcillas. Hasta que Lisa, con su sensatez habitual, nos dijo:

—Ya que tenemos el cuadro ¿no sería el momento de largarnos?

—Tienes razón —le contesté. Pero todavía quedaba una pregunta sin resolver: ¿por qué habían robado el cuadro de Lisa y no otros que había en la clase?

—Por la sonrisa —contestó desde el suelo don Girolamo.

—¿Cómo? —preguntamos los tres a la vez sin entender nada.

—Esa chica sonríe en el cuadro, ¡y reírse es malo! —rezongó don Girolamo.

—¡Venga ya! —le contesté—. ¡Pero si reírse es lo mejor que hay, si la risa salva el mundo!

—¡Pero yo no quiero que se salve, quiero que se acabe! —refunfuñó el vejestorio.

—¡Vamos, vete, Manolete! —le dijo Miguel Ángel—. Y ahora voy a chivarme de lo que has hecho a la poli.

—No te creerán. ¡Soy un hombre muy influyente de Florencia! —dijo entre carcajadas.

Y era cierto. Hay que fastidiarse. Pero bueno, yo había recuperado mi cuadro y tenía la oportunidad de librarme del suspenso y no perderme las vacaciones con mi padre, así que, de vuelta a Vinci, lo primero que hice fue enseñar el retrato de Lisa a don Pepperoni.

—Mmm —dijo, observándolo mientras los bigotes le rascaban la cabeza—. No está mal. La frente quizá un poco grande…

—Como un chopito —susurró Miguel Ángel—. ¿Te lo dije o no te lo dije?

—¡Que te calles, melón! —le contesté.

—No llegará a los museos, precisamente, pero en fin…

—¿En fin qué? —le preguntamos Miguel Ángel y yo a la vez.

—¡Pues que está aprobado! —rezongó de mala gana don Pepperoni.

—¡Aprobado! ¡Aprobado! ¡Aprobado! —fui gritando todo el camino hasta casa a contárselo a mi padre.

—¿En serio? —preguntó mi padre, muy contento, al conocer la noticia.

—¡Sí! —le dije, hundido en el sillón traganiños de la biblioteca de la casa de mis abuelos, con las canillas colgando y alargando el brazo con el retrato de Lisa para que mi padre pudiera verlo.

—Me siento muy orgulloso de ti, Leonardo —añadió—. Tú has cumplido tu parte del trato y ahora me corresponde a mí cumplir la mía.

—¿Y eso quiere decir que…? —me atreví a preguntar.

—¡Que nos vamos de vacaciones!

—¡Yuju! —dije, saltando a los brazos de mi padre.

A mis abuelos, que estaban mirando desde una esquina de la habitación, se les escapó una lagrimilla, y mi abuelo me hizo una señal con el pulgar como diciendo: «Lo has conseguido». Yo me reí con toda la bocaza abierta, en plan sandía.

Uf, menos mal. El esfuerzo mereció la pena, porque pude disfrutar de unas estupendas vacaciones con mi padre en Lido, la playa de Venecia. Nos acompañó el tío Francesco, que se pasó todas las vacaciones navegando en una góndola llena de flores junto a Katy Médici. Sus padres, al ver el despliegue de amor del tío Francesco, no tuvieron más remedio que permitir que siguieran viéndose, aunque ellos los seguían detrás, en una góndola, pegados a su trasero.

Cada día de aquel verano el sol salió dispuesto a despertarme rascándome la nariz con sus rayos.

¡Y yo le devolví el saludo estornudándole mocos llenos de felicidad!

Ahora te toca a ti
¡Estrújate el coco!

¿Has estado atento? ¡Ponte a prueba y dime quién es quién!

Con la p: Profesor de dibujo de Leo con nombre de legumbre...

Con la c: La que lleva siempre un gorro rosa...

Con la f: Un tío muy aventurero...

Con la l: El mayor experto en inventos de este libro...

Con la g: Uno de los malvados villanos de esta aventura...

¡A examen!

En el examen de dibujo, Boti, Miguel Ángel y Leo pintan cada uno un cuadro. ¿Te suenan de algo sus pinturas? Debes saber que se hicieron tan famosas que se guardan en los mejores museos del mundo y ¡valen muchísimo dinero! A ver si sabes su nombre.

La creación de Adán ?

¿¿ **Retrato de Monna Lisa**

La Escuela de Atenas ??

El nacimiento de Venus ??

Nombres a la italiana

Vale, lo reconocemos: los personajes de este libro tienen nombres un poco raritos... Claro, ¡cómo viven en Italia! ¿Qué crees tú que significan?

Chiara:

Pepperoni:

Spaghetto:

Girolamo:

Baile de números

A estas alturas, creo que ya has pillado que todos estos chicos se hicieron famosos, ¿verdad? Para que lo sepas: fueron, ni más ni menos, que los más grandes artistas del renacimiento italiano. ¡Wuala!

Leo - Leonardo di ser Piero da Vinci nació en Vinci en 1452

Miguel Ángel – Michelangelo Buonarroti nació en Caprese en 1475

Boti – Sandro Botticelli nació en Florencia en 1445

Rafael – Rafael Sanzio nació en Urbino en 1483

Pero eso fue hace mucho, mucho tiempo... Pon en marcha tus neuronas y calcula cuántos años te llevas con Leonardo. ¿Y con Miguel Ángel? ¿Y con Botticelli y Rafael?

Mmm... ¡pasta!

Tallarines con gambas y calabacines

¿Tu plato favorito? El mío también...

Ingredientes:
- 200 gr. de harina
- 2 huevos
- 1 calabacín
- 250 gr. de gambas peladas
- Queso rallado parmesano
- Sal

¿Cómo se hace?

Mezclamos en un bol la harina y los huevos, y amasamos hasta hacer una bola, que dejaremos reposar media hora.

Mientras la pasta reposa preparamos los calabacines y las gambas. Cortamos en rodajas de 2 mm los calabacines y rehogamos en una sartén con una cucharada de aceite durante cinco minutos. Añadimos las gambas y una pizca de sal y removemos hasta que estén hechas. Esperamos a que esté cocida la pasta.

Extendemos la pasta sobre una superficie enharinada, con un rodillo, hasta conseguir que tenga un grosor muy fino, a ser posible de 1,5 milímetros o menos.

Para que sea más fácil dividimos en cuatro la masa y vamos extendiendo por partes.

Con un cuchillo recortamos tiras de pasta de 1 cm de ancho. Así tendremos unos tallarines estupendos.

Se cuecen en agua hirviendo con una cucharadita de sal, durante 5 minutos.

Escurrimos la pasta, la ponemos en una ensaladera y añadimos enseguida los calabacines con las gambas y el queso rallado a tu gusto.

¡¡¡Y a ponernos las botas!!!

Nos vamos de Carnaval

El fiel amigo de Leo es un herrerillo de plumas muy coloridas... Si tienes una fiesta de disfraces a la vista, no te pierdas esta idea. Con un antifaz de Spaghetto, ¡triunfarás seguro!

Necesitamos:
-cartulina
-tijeras
-lápices de colores
 o rotuladores

-cordón de goma de 40 cm
-barra de pegamento

Cómo hacerlo:
1. Dibujamos la forma del antifaz sobre la cartulina.
   ¡No te olvides del pico!
2. Dibujamos y pintamos las plumas y el pico de
   Spaghetto.
3. Recortamos el antifaz y el pico. Pegamos el pico.

¡Qué chulo!

Volando voy, volando vengo...

¿Sabías que Leonardo da Vinci estaba emperrado en construir un aparato para volar?

Sus experimentos no salieron muy bien, pero sus dibujos inspirados en alas de aves ¡son flipantes! Como estos que te traemos...

¡Atrévete a crear con papel y cuerda este increíble hombre volador!

Soluciones

¡Estrújate el coco!

El profesor Pepperoni, Chiara, Tío Francesco, Leo da Vinci, Don Girolamo.

¡A examen!

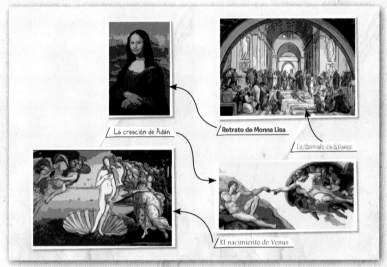

La creación de Adán

Retrato de Monna Lisa

La Escuela de Atenas

El nacimiento de Venus

Nombres a la italiana

Spaghetto = espaguetis

Girolamo = Jerónimo

Chiara = Clara

Pepperoni = pimientos